el secadero de iguanas

pedro andreu

Textos	Pedro Andreu
Diseño y Maquetación	Cristina Reina
Ilustración portada	Cristina Reina
Fotografía	Laura Pernía
Número de edición	Primera Edición
Fecha de edición	Abril, 2016
@edición	Frida ediciones
Isbn	978-84-943989-9-5
Depósito legal	M-9968-2016

I dream of rain.
I dream of gardens in the desert sand.
I wake in rain.
I dream of love as time runs through my hand.
STING FT. CHEB MAMI
Desert Rose, 1999

A jet stream cuts the desert sky.
This is a land could eat a man alive.
Say you'd leave it all behind.
REM
Low Desert, 1996

Motel de carretera

primer cuaderno

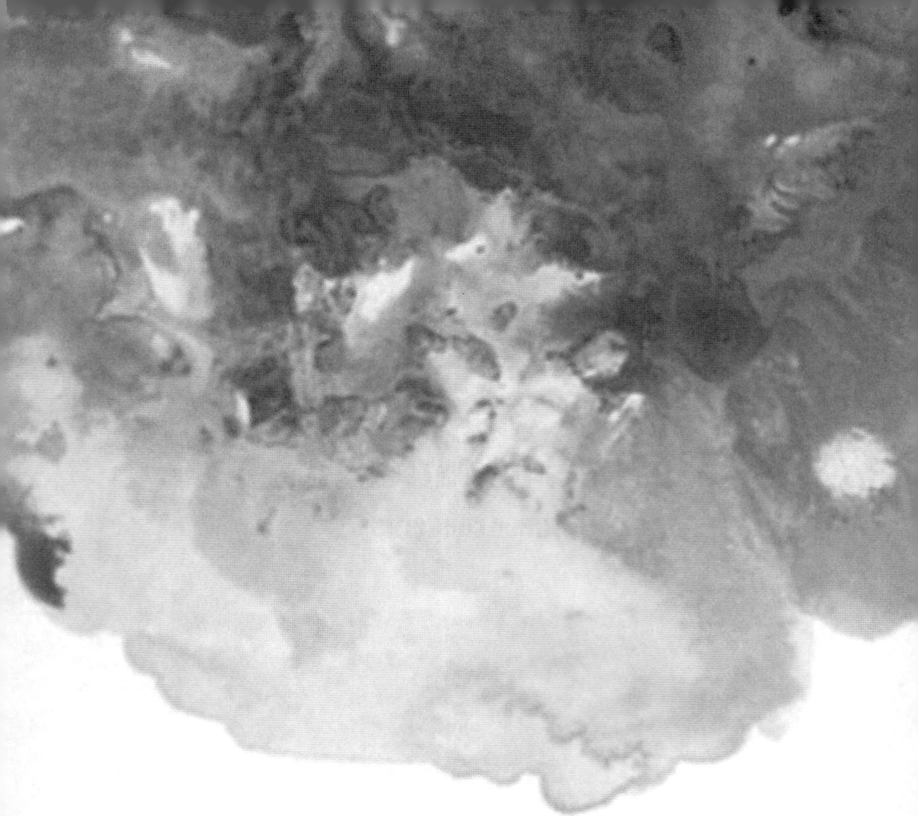

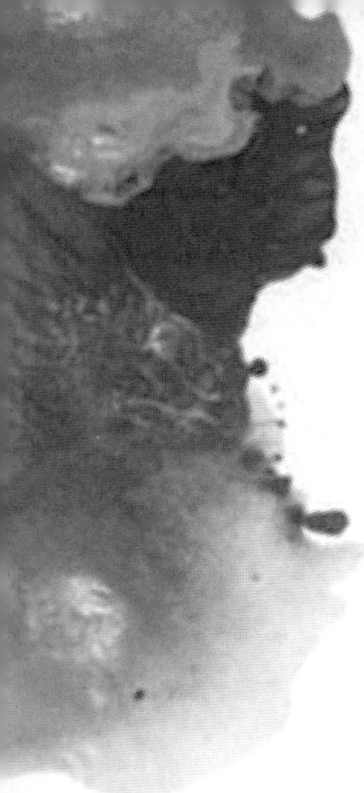

Los mellizos capítulo uno

1.

Los gitanos habían llegado cuatro días antes con su media docena de carromatos tirados por burros. Acamparon en el secadero de iguanas, al otro lado de la carretera. Levantaron sus carpas, extendieron techos de uralita y chapa, hicieron fogatas para ahuyentar a los insectos. Se hablaban a gritos. Magdalena podía observarlos desde el porche del motel. Eran veinte o treinta gitanos a la antigua: los pies ásperos de andar descalzos, la tez aceituna, las narices de cuervo... Vagabundos de ojos taimados y negros. Apátridas, seres de ninguna parte. La más vieja del clan tiraba las cartas; lo decían en el pueblo.

Algunos hombres muy morenos se acercaban cada tarde hasta el motel a comprar aguardiente. Sus mujeres esperaban junto a la verja del terreno, donde sacaban agua del pozo. Magdalena y Edgardo les dejaban hacer. Luego escuchaban con estupor sus risas agudas junto a las hogueras del otro lado de la carretera. Los gitanos bebían como esponjas y sacaban sus instrumentos. Durante horas cantaban, tocaban y bailaban sus canciones desgarradas y festivas. Muy entrada la noche, regresaba por fin el silencio a tomar el pedregal.

Magdalena temía a aquellos gitanos, pues había oído contar en innumerables ocasiones a sus huéspedes que traían mala sombra a donde quisiera que llegaran con sus desarrapadas familias. Se decía que una vez hicieron noche en Jabalí Viejo y que extendieron la fiebre amarilla y el vómito negro por el pueblo, que solo sobrevivieron dos mujeres y un niño a la epidemia. Magdalena los odiaba; odiaba a aquellos hombres porque eran demasiado diferentes. Mientras Edgardo y ella permanecían desde hacía décadas atados al motel y al desierto, aquellos gitanos hacían ostentación de su pobreza nómada y no paraban más que algunas semanas en un mismo lugar. Eran seres desarraigados y hostiles, acostumbrados al camino y la intemperie, como los perros asilvestrados o los coyotes. Sobrevivían como podían. Algunos días comían; otros no. Se alquilaban a temporadas en la recogida de aceitunas de las tierras del sur. A veces robaban en los pueblos para después huir. En ocasiones, si acampaban en zonas boscosas, se alimentaban de la caza hasta que los guardias los echaban o metían presos a algunos de ellos. Pero sobre todo salían adelante con el poco dinero que daba la chatarra. Probablemente pronto partieran hacia los vertederos de la fundición de metales de Abiedma, un centenar de kilómetros al norte, a rebuscar entre las rocas de los cráteres pedazos de hierro que venderían luego al peso. Aquellos gitanos conocían el sabor despreciable del hambre. Lo más práctico para sus vidas era no pensar demasiado. Si no había qué comer, levantaban su campamento y se marchaban a buscarse la vida en cualquier otro sitio, de cualquier manera.

Magdalena les envidió un instante mientras recordaba que no había abandonado aquella parcela pedregosa desde que llegara poco después de desposarse con Edgardo. Fue en el tiempo de la posguerra, cuando la tristeza y la hambruna en la ciudad eran tan insoportables que habían decidido probar suerte más al sur, en aquella región de Río Seco. Construyeron el motel desde la nada. Pasaron malas épocas hasta que el negocio fue prosperando y llegaron años mejores. Pero siempre se sintieron desgraciados por no haber tenido descendencia. Edgardo había llegado a reprochárselo en más de una ocasión.

–Estás seca como este desierto, maldita sea. Deberíamos haber tenido niños. Ahora podrían echarnos una mano con la cafetería. Empezamos a hacernos viejos, Magdalena, a bajar escaleras en vez de subirlas –le había llegado a decir.

Por eso, cuando ella dejó de menstruar la primavera anterior, ambos creyeron simplemente que le había llegado la hora de la menopausia. No podían imaginar que, a aquellas alturas de la vida, a sus cuarenta y siete años, a Magdalena se le iba a abrir la matriz y quedaría encinta.

Se cumplían ya seis meses de embarazo cuando los gitanos se asentaron en el secadero de iguanas.

"En mala hora", iba a murmurar Edgardo el resto de su vida.

2.

Río Seco era una extensa comarca desértica apenas habitada por el hombre. La surcaban unos vastos laberintos de cañones y quebradas por donde discurría el río Iguana, un afluente del río Seco. En realidad, se trataba más bien de un torrente de aguas rojizas que a tramos se soterraba para correr escaso y subterráneo durante decenas de kilómetros. Algunos años se secaba del todo y solo cada siete o nueve temporadas, que era la frecuencia con que llovía en la región, crecía su caudal y descendía bravo hacia tierras más al sur. La región era atravesada por una sola y monótona carretera recta que se perdía en el infinito. En una de sus orillas se encontraba el Motel del Secadero.

Aquellos páramos eran territorio de buitres, pequeños mamíferos y roedores, algunas cabras y unos pocos coyotes... Tierra de alacranes, víboras e infinidad de diferentes especies de lagartos.

Frente al motel, en el solsticio de verano, ocurría año tras año un extravagante milagro de la naturaleza que siempre había desconcertado a Edgardo. Cuando el sol se encontraba en lo más alto y casi no se podía ni respirar, empezaban a llegar lagartos viejos desde todas partes del desierto. Se iban reuniendo al otro lado de la carretera. Al principio eran unas pocas docenas, pero al caer la noche podían contarse centenares, quizás algunos miles. Se acercaban hasta el lugar a dejarse morir de hambre. Era igual cada verano. Se les podía oír gritar, sobre todo al anochecer y poco antes de despuntar la aurora. Eran gruñidos moribundos, casi como aullidos de perros, difíciles de describir, hermosos e inquietantes. El sol iba secando los cadáveres a medida que transcurrían las jornadas y los pájaros carroñeros acudían desde la garganta del río Iguana para darse un festín en aquel pudridero. Durante semanas el fuerte olor a carne en estado de descomposición alcanzaba el motel. Algunos huéspedes vomitaban, aunque terminaban por habituarse a aquel áspero hedor.

Nadie sabía con certeza por qué los saurios acudían desde todas partes a dejarse morir, pero se respetaban religiosamente sus restos. A veces, tras una noche de insomnio, algún que otro forastero aseguraba haber visto a un *djin* rondando el secadero y devorando alimañas muertas. Eran habituales las leyendas y las historias de *djins* en aquella región del desierto. Sin embargo, ningún hombre se atrevía, ni en época de hambruna, a mancillarse comiendo la carne de aquellos lagartos a la brasa; es más, se espantaba a los inquietos buitres prendiendo basura en el secadero y clavando en el suelo espantapájaros que el viento movía.

Y era allí precisamente, en el secadero del río Iguana, conocido en la región como el secadero de iguanas –aunque no había iguanas en el desierto, sino otro tipo de lagartos; el nombre era más bien debido al topónimo del riachuelo–, donde los gitanos se habían acuartelado hacía pocos días. Magdalena no temía a los *djins*, nunca había creído en ellos, como no creía en fantasmas, pero sí a los gitanos. Se parecían demasiado a los espantapájaros del secadero. Vivían de los deshechos.

3.

Corría la medianoche de un miércoles sin luna. Un grupo de gitanos atravesó la carretera. Llevaban dos días sin comer. No les dolía su hambre, sino la de sus niños. Saltaron las vallas metálicas que delimitaban el terreno del motel. Avanzaron sigilosos y protegidos por la oscuridad hasta el hangar del fondo, donde se apilaban varios esqueletos de automóviles, motores desmontados, viejos asientos de coches, neveras despiezadas, tubos de escape, televisores inservibles… Pensaban robar cuanto pudieran para venderlo más tarde en los pueblos del norte.

Edgardo se despertó con los ladridos de los perros. Pudo vislumbrar, desde la ventana de su habitación, en el primer piso, un grupo de sombras que se movía bajo el hangar. Bajó las escaleras y se dirigió a la cocina de la cafetería. Abrió el cajón de los cuchillos y escogió uno de hoja pesada y afilada que utilizaba para deshuesar carne seca. Después salió de la casa y corrió hacia los gitanos. Un joven flaco se encaró con él. Las navajas hablaron con presteza. La del muchacho mordió el costado del hombre a la altura del estómago tres veces. Edgardo cayó al suelo. Gruñía de dolor y gritaba que le habían matado. Magdalena despertó con los chillidos. Se dirigió al vestíbulo y buscó en la penumbra de un armario la escopeta de caza de su marido. Cuando salió armada al patio, los gitanos ya habían escapado saltando las redes metálicas. Con la misma hambre con la que llegaron.

Sin ningún botín.

La guardia caminera se presentó media hora después de que Magdalena les hubiera alertado por teléfono. Cruzaron hasta el secadero de iguanas, donde los gitanos ya estaban desmontando sus chabolas. Magdalena, sentada en el porche del motel, escuchaba, sin llegar a entender lo que se decía, la voz del sargento y los llantos de algunas mujeres. Edgardo se hallaba acostado en la cama de matrimonio. Le habían limpiado y cosido las heridas; el médico había asegurado que eran superficiales y que se recuperaría pronto. Solo necesitaba guardar reposo, tener paciencia, tomar los medicamentos que le había recetado. Los guardias regresaron a la cafetería e informaron a Magdalena de que el muchacho que había apuñalado a su marido había escapado a caballo.

Al día siguiente la llamaron para notificarle que habían apresado al joven muy cerca de Burgo de Cuerva. Lo capturaron a los tiros. Al pobre gitano lo lanzaron a un calabozo de paredes cuarteadas. Los guardias se acordaban de él solo para darle puñadas y coces.

–Porque un gitano vale menos que la mierda –reía el sargento.

El muchacho murió a los diez días porque nadie se preocupó de limpiarle la herida de bala que había recibido en su pierna izquierda. El gitano sufrió fiebres altas, perdió mucha sangre… Se deshicieron de él arrojándolo a un descampado sin siquiera darle sepultura. Para que sirviera de alimento a los buitres.

Genaro, patriarca calé, abuelo del muchacho encarcelado, tras saber de la desgracia de su nieto, había hecho un gesto con la mano derecha y se la había besado. Cruzó entonces la carretera y enfiló despacio, levantando la tierra seca, hacia la cafetería. Al llegar al porche se sacudió de polvo el bajo de los pantalones. Abrió la puerta y unas campanillas de metal rompieron el silencio de la sala vacía, sin clientes. Magdalena se sorprendió al ver al anciano gitano frente a ella. No pudo sostener su mirada. La vista trató de refugiarse en aquellos pies viejos y descalzos. El gitano habló con su acento rudo y hambriento, tan característico de su raza:

–Me habéis matado un nieto.

–Señor –balbuceó Magdalena sin lograr apartar los ojos de sus pies llenos de callos–, lo siento… Nosotros no… Mi marido está acostado… Vuelva más tarde, por favor...

Don Genaro no contestó. Se acercó a ella y le tocó el vientre de preñada con fingida ternura. Magdalena sintió que un escalofrío le tomaba todo el cuerpo y que una montaña rusa de hielo le subía por la espina dorsal hasta la nuca. Se encontraba tan alterada por la presencia y luego el tacto del anciano que se orinó encima. Don Genaro no le prestó mayor atención. Se dio media vuelta y descaminó sus pasos de regreso al secadero, donde los suyos esperaban. Se volvió antes de abrir la puerta y desde allí murmuró, sin casi mover los labios, sin emociones:

–Ojalá te vea con hormigas en la boca. Mal fario tengas, paya.

Luego escupió al suelo y salió por la puerta. Volvieron a tintinear las campanitas metálicas. Magdalena temblaba como un arrozal al viento. Tenía las bragas mojadas y calientes de orina. Un charco amarillo entre los pies constataba su miedo. La luz y la quietud en la cafetería eran demasiado intensas. Magdalena se desmoronó en el suelo y empezó a sollozar sin fuerzas, avergonzada, aturdida. No consiguió dominar su llanto hasta que Edgardo despertó y pudo abrazarla.

A la mañana siguiente, don Genaro y su gente habían alzado el precario poblado. Desaparecieron sin hacer ruido. Sus carretas habían tomado carretera arriba hacia el norte. Siempre había sido así, desde tiempos inmemorables; los gitanos, cuando se hartaban, recogían sus cosas, se llevaban sus casas a cuestas, y se perdían en la tierra.

4.

Edgardo contemplaba el horizonte desde la cafetería. Llevaba tardes adquiriendo el color y la textura de un pergamino viejo y cuarteado. Sucedía siempre igual al acercarse el otoño. Los espantapájaros del secadero parecían entonces figuras de oro líquido que fueran a cobrar vida en cualquier momento.

–Pronto llegarán desde el sur las tormentas de arena –le dijo a su esposa embarazada–. Escuché en la radio que será mañana o pasado.

Ella asintió. Edgardo comenzó a preparar el motel para los vendavales que se avecinaban. Siempre había sido previsor. Descolgó los catorce espantapájaros –dos viajes en carretilla– y los guardó en el sótano. Colgó alfombras viejas en las entradas de las casetas de los perros; condujo a los lagartos que criaba, con cuidado de que no le atacaran, hasta una pequeña cabaña; resguardó a las gallinas en otra y atrancó las puertas con gruesos maderos. Luego se dirigió al desguace del fondo de la finca y reforzó el techado de metal con pesadas piedras y vigas de madera que alzó con la ayuda de una cuerda y una polea. Antes de entrar en el motel, decidió cerrar la barrera de entrada al terreno y asegurarla con algunas cadenas. Aquella noche ya no encendió el cartel luminoso de la carretera.

A la mañana siguiente un viento incómodo y racheado los despertó. Algunas persianas porteaban. Las cerraron y fijaron con tablones y largos clavos el resto de ventanas y puertas. En unas pocas horas el viento soplaba tan caliente y espeso que costaba respirar. Las ráfagas de aire levantaban arena y pequeñas piedras que golpeaban contra las paredes del motel con un sonido rudo, insistente, y uno se sentía allá dentro como en una casa de muñecas en las manos de un loco.

Normalmente, a finales de verano, pocos trataban de cruzar aquel desierto en camión, y aún menos en coche, pues eran de sobra conocidas las inclemencias del tiempo y lo peligrosas que podían llegar a ser. Llevaban semanas alertando por televisión y radio de que en breve llegarían las tormentas de arena. Por eso en aquella ocasión solo un temerario representante de aspiradores había quedado atrapado con ellos en el motel.

–A mí no me asusta un poco de aire... Además, quiero llegar pasado mañana a la feria de Palomares Altos. Allí se vende bien –había fanfarroneado la tarde anterior antes de pedir una habitación sencilla.

Pronto aquel vendedor ambulante hubo de tragarse sus palabras. Edgardo y Magdalena estaban ya acostumbrados a pasar por aquello cada año, y apenas sufrían un ligero dolor de cabeza, pero el pobre forastero padeció unas horribles migrañas y acabó perdiendo los nervios, acosado por continuos ataques de ansiedad. La primera mañana de temporal se quedaron sin suministro eléctrico y a las pocas horas comenzó a fallar la línea de teléfono. Al cabo de dos días de incomunicación, el comerciante perdió los estribos definitivamente. De repente, presa del pánico, se abalanzó hacia la puerta y trató de desclavar los tablones para salir al desierto. Edgardo intentó inmovilizarlo, pero el hombre no lo permitió, parecía poseído. Al fin, Edgardo se vio obligado a noquearlo de un puñetazo. Con la ayuda de su mujer, lo ataron a una cama.

–Lo siento, amigo –le dijo al comerciante–, pero no me has dejado más opción. Espero no haberte pegado demasiado fuerte. Si llegas a abrir esa puerta, el viento hubiera arrancado de cuajo la casa y nos habrías matado a los tres. Volveremos a soltarte cuando la tormenta amaine y te tranquilices.

Pero el viento no quería amainar. Siguió azotando el motel sin tregua durante dos semanas. Los días eran largos y aburridos. Magdalena preparaba algo de comer y el resto del tiempo se dedicaba a leer a la luz de un quinqué. Edgardo fumaba un cigarrillo tras otro y paseaba arriba y abajo de la casa reforzando las maderas, puertas o ventanas que estuvieran resintiéndose con el temporal. El comerciante dormía la mayor parte de las horas y tenían que darle de beber y comer a la boca, pues no se atrevían todavía a desatarlo. Las noches eran peores. Todo el edificio crujía y temblaba. La temperatura descendía con brusquedad. Apenas lograban dormir más de un par de horas seguidas, por lo que se levantaban cansados y de mal humor.

Una tarde cualquiera, durante aquel encierro obligado, Magdalena rompió aguas. Edgardo la ayudó a tumbarse en la cama. Luego acercó varios quinqués que iluminaran lo mejor posible el dormitorio. Trajo dos barreños con agua y todos los trapos que encontró en la cocina. También se subió unas tijeras y una botella de aguardiente de la que se sirvió un vaso que le templase el ánimo. Las contracciones eran ya muy seguidas y Magdalena, con las piernas abiertas, se puso a empujar como un animal. Gruñía como un monstruo y apretaba el brazo de Edgardo hasta casi estrangulár-selo. Y al fin parió, aunque no uno, sino dos niños sanos.

Primero dio a luz a Martina; poco después, a su hermano mellizo, Alberto. Este lloró enseguida, en cuanto Edgardo lo levantó bocabajo y le golpeteó las nalgas; la niña, sin embargo, no berreó hasta pasados unos pocos minutos, cuando Magdalena sufrió unos repentinos espasmos, se vació de aire y, en un gemido agudo, se quebró por dentro. Murió tan rápido que su marido no supo reaccionar. Le cerró los ojos a Magdalena, cortó con sumo cuidado los cordones umbilicales, que anudó con unas tiras de trapos de algodón, y puso a los niños en otra cama que hacía días había colocado al costado de la suya. Tras cubrirlos y contemplar admirado sus bracitos y cabecitas ensangrentadas, se bebió de un trago el aguardiente que quedaba en el vaso. Después lo lanzó contra el suelo de madera y agarró directamente la botella, que besó largamente.

Edgardo tomó fuerzas para limpiar a los recién nacidos y preparar la leche de lactancia antes de acostarse contra el cuerpo distante y sin vida de Magdalena. Se sentía vacío, mareado por la realidad y su borrachera, incapaz de llorar. Le habían arrancado las entrañas de cuajo. Se durmió sin pensar en nada, como si lo hubieran sedado con algún medicamento muy fuerte. Soñó que era niño e iba de la mano de su padre. Volvían del colegio. Era feliz. Mientras dormía abrazó a su mujer muerta. Estaba tan fría que se dio la vuelta y se arrebujó entre la sábana y las mantas.

A Edgardo le despertaron los ladridos de los perros. Era de día y las tormentas de arena habían pasado de largo. Habían sido las más terribles que recordaba desde su llegada a Río Seco. Las peores en treinta años. Se levantó despacio de la cama. Los bebés dormían. Magdalena no despertaría nunca. Agarró la botella de aguardiente y pegó un trago largo hasta vaciarla. Abrió las ventanas y una bofetada de luz le hizo cerrar los ojos. La luz se derramó por toda la estancia y bañó sin pudor el cadáver de su esposa. Edgardo la contempló un instante para apartar después con tristeza su mirada. Salió del cuarto y bajó las escaleras. Desclavó los maderos de una de las ventanas que solo había fijado por dentro y saltó afuera con una pala y unas tenazas. Fue arrancando las tablas del resto de persianas. Las abrió. Gran parte del terreno estaba sepultado por la arena que el viento había arrastrado.

Dedicó lo que restaba de mañana a despejar a paladas el porche que, a pesar de estar alzado casi un metro del suelo, había quedado recubierto de arena. Una hora más tarde, pudo por fin abrir la puerta principal del motel sin inundar de tierra el living. Dos veces tuvo que hacer una pausa para alimentar a los bebés. Debían de ser cerca de las cuatro de la tarde cuando decidió prepararse algo con que llenar el estómago. Después salió otra vez al patio.

Desató a los perros, que hicieron una fiesta y ladraban alegres. Se acercó a la cabaña donde había encerrado a los lagartos y abrió las puertas para que salieran al sol. Con la ayuda de los perros, los condujo al cercado donde los criaba. La otra cabaña, en la que había escondido a las gallinas, había volado y pudo ver sus restos hechos trizas contra los automóviles y demás mamotretos del desguace. Advirtió que la mayor parte de las gallinas había muerto, pero al menos se había salvado un gallo. Fue recogiendo las aves sin vida y las metió en la cafetería. La mayoría se pudriría y acabaría dándoselas de comer a los lagartos que criaba, pero durante unos pocos días aprovecharía algunas para él y los primeros clientes que pudieran ir llegando.

Antes de enterrar a su mujer al fondo del terreno y clavar una humilde cruz de madera sobre la tumba, limpió la boca del pozo que les abastecía de agua, quitó la tapa de acero y sacó un cubo de agua helada. Iba a beber de él, pero volcó el líquido en el suelo. Prefirió pegar otro sorbo al aguardiente. Nunca hasta entonces había bebido tanto. Fue la única forma que encontró de no derrumbarse. Contempló largo rato la carretera, que había literalmente desaparecido bajo el arenal y no podría ser transitada hasta que llegasen las máquinas quitatierra desde Jabalí Nuevo, el pueblo más cercano.

Al atardecer se acordó del comerciante de aspiradores y corrió a desatarlo.

–Voy a soltarte. Espero que lo entiendas. Fue por tu propio bien –le dijo.

El forastero, en cuanto se vio libre, le propinó un puñetazo a Edgardo que le hizo sangrar por la nariz.

–Mi mujer murió ayer al parir dos niños sanos –balbuceó Edgardo mientras se limpiaba la sangre.

No respondió al golpe.

Ambos hombres quedaron callados uno frente al otro. Contemplaban las gotas de sangre oscura que caían de la nariz de Edgardo.

Diez días tardaron en limpiar la carretera los quitatierras que llegaron del pueblo. No se recordaba en la región un temporal tan violento. Ni siquiera los más ancianos habían contemplado algo así.

El comerciante partió a la ciudad a la mañana siguiente para no regresar nunca más a aquella comarca sureña. Se despidió de Edgardo con un seco apretón de manos, seis kilos más flaco y sin ganas de vender nada a nadie.

Tras su marcha, Edgardo bajó al sótano a por los catorce espantapájaros que iba a volver a empalar sobre el secadero de iguanas. Se había quedado viudo y era padre de dos niños que podrían haber sido sus nietos. No cerró el negocio un solo día. No guardó ningún luto. No hubo curas ni velatorios en un aséptico tanatorio. Los muertos, muertos estaban, se decía a sí mismo Edgardo; tocaba ocuparse de los vivos. Aquellos dos mellizos eran ahora lo único que importaba. Cargó la primera carretillada de espantajos, dejó el motel a sus espaldas y atravesó sudando la carretera hasta el secadero.

Cuando Edgardo terminó de empalarlos, catorce espantapájaros ardían bajo un sol naranja; con los brazos en cruz.

5.

La única cosa que Martina y Alberto iban a heredar de su padre era aquel desvencijado motel de carretera en la comarca de Río Seco y, a ratos, su mal humor. De su madre habían heredado algo mucho más sutil, revelador: una tristeza frágil e inacabable que les brotaba sin fuerzas de los huesos y atravesaba los poros de su piel otorgando a su sudor un olor especial, acre y afrutado a un tiempo; aquella tristeza de conocer el tacto frío de la muerte nada más pisar el mundo. Edgardo siempre les había hablado como a adultos y sobre aquel tema no hacía excepción:

–A vuestra madre la enterré el día en que nacisteis vosotros. Bajo la cruz del desguace. Sangró como un puerco. Nacisteis al final de las tormentas. Martina no lloró. Martina nunca llora. En eso es como yo. Vuestra madre era muy guapa. Pelirroja como un atardecer. Y un mal día un gitano le echó un mal de ojo. Y unos meses después sangró como un puerco. Y tuve que enterrarla. Está debajo de la cruz del desguace.

Para los mellizos, el mundo se reducía a aquel motel de carretera, los horizontes interminables de pedregal amarillento y yermo. Conocían y amaban cada palmo del edificio: la cafetería con su suelo de parquet y sus ventanales, la cocina aceitosa, las tres habitaciones de huéspedes y el recibidor que completaban la planta baja; el sótano, donde su padre –al que normalmente llamaban Edgardo y no papá– almacenaba y destilaba el aguardiente casero de lagartija y donde resguardaba los espantapájaros mientras duraban los vendavales de fines de verano; las ocho habitaciones del primer piso –tres para ellos y cinco para clientes– con aquel pasillo de tablas de madera que crujían al andar; el porche de la cafetería y sus mecedoras y sus puestas de sol; el desván del altillo, que guardaba objetos olvidados, recuerdos de su madre, muebles destartalados y viejos.

Los mellizos jugaban muchas tardes en el altillo, o se sentaban en el descansillo de la escalera del primer piso a contemplar el único retrato de su madre que había en todo el motel. Era una mujer de larga cabellera rojiza y rostro pecoso, con unos ojos verdes y penetrantes de gran dulzura. Martina a veces hablaba con ella. La veía sentada en el balancín del final del pasillo del primer piso, sonriente y translúcida como una mañana de primavera. La escuchaba cantar melodías muy tristes desde el desván o a veces desde el sótano. Solo Martina parecía escucharla. En alguna ocasión la seguía hasta el secadero, cruzando con cuidado la carretera, y se sentaba con ella entre los cuerpos resecos de los lagartos sin vida. Allá Martina jugaba a peinarle la cabellera con un cepillo de hueso. Se pasaba horas arreglándole sus dos trenzas pelirrojas, largas e invisibles.

Alberto solía aburrirse de los juegos de su hermana Martina con su madre fantasma. Él prefería jugar en el desguace a perseguir gallinas. Si había suerte y conseguía atrapar alguna, se dirigía con ella bajo el brazo hasta el cercado donde Edgardo criaba lo que en la comarca llamaban iguanas, aunque se tratara de varias especies diferentes de grandes varanos con patas cortas, cuellos anchos y mandíbulas provistas de dientes como hojas de cuchillo. Alberto les lanzaba la indefensa ave y contemplaba con estupor y fascinación, con esa pura crueldad sin malicia de los niños, el ataque certero de los lagartos. Se abalanzaban sobre la gallina y en apenas diez segundos la hacían desaparecer. Solo quedaba una ligera nube de plumas en el aire. Y un hedor violento a sangre derramada.

En una de aquellas ocasiones en que Alberto se había aburrido de los extraños y callados juegos de su hermana, mientras trataba de atrapar una gallina, se le acercó Edgardo.

–¿Dónde está Martina? –le preguntó su padre.

Alberto sabía que tenían prohibido cruzar la carretera y jugar en el secadero, pero era incapaz de mentir; la vida todavía no le había enseñado a hacerlo. Mientras se observaba los pies descalzos y se frotaba las manos, muy nervioso, respondió:

–Está en el secadero.

–Mierdas, Alberto, cómo os lo tengo que decir... No quiero que salgáis del motel. Esa carretera es peligrosa. No paran de pasar camiones. Venga, ve a lavarte las manos, que vamos a comer. Y pon los cubiertos en la mesa. Yo iré a buscar a tu hermana.

Edgardo se dirigió hacia la carretera. Avanzó los casi setenta metros hasta la verja de entrada. Una lagartija se escondió a su paso tras las cubiertas de ruedas de camión que a modo de setos de caucho delimitaban el camino desde el patio del motel hasta la verja. Edgardo miró a ambos lados de la carretera. Ningún camión se acercaba. Cruzó el asfalto, que ardía incluso a través de las gruesas suelas de sus botas. Al otro lado se extendían diez hectáreas de cuerpos de lagartos en descomposición. Martina estaba sentada sobre una roca, ajena al cementerio pestilente que la rodeaba, a las moscas. Sostenía en las manos un largo peine de hueso y con él peinaba el aire mientras sonreía. Tarareaba una canción que a Edgardo le resultó familiar. De repente lo recordó: era la misma melodía que Magdalena murmuraba muchas tardes mientras admiraban la puesta de sol desde el porche.

–Qué haces, Martina, aquí no quiero que juegues. Vamos, levántate.

Martina le miró un instante, pero luego no le prestó la menor atención; continuó cantando sobre la roca mientras peinaba el aire con un cepillo de hueso.

–Te he dicho que levantes el culo –casi gritó Edgardo–. ¡Y deja ya de cantar esa puta canción!

Martina se calló. Saltó de la roca al suelo y se acercó a su padre. Se mostraba tranquila.

–A mamá le gusta *esa puta canción*, como tú dices –le respondió Martina–. Ella me la ha enseñado.

Edgardo le cruzó la cara con la palma abierta de su mano. Por primera vez en ocho años pegaba a su hija. Martina no lloró. Tenía los cinco dedos marcados sobre su rostro moreno de veranos duros, pero no lloró.

–Eres un mal padre, Edgardo –se limitó a decir Martina con la compostura y el vocabulario propios de un adulto; siempre había sido una niña especial, extraña, demasiado inteligente e independiente para sus ocho años–. A mamá le gusta venir al secadero. Dice que está cansada de tu mal humor y tus clientes camioneros. Dice que se irá con los gitanos. Ya no les tiene miedo. Que cuando vuelvan, se marchará con ellos. No quiere volverte a ver. Dice que has cambiado mucho. Que eres un borracho.

Edgardo no permitió que la niña siguiera hablando. La agarró como a un saco de patatas, cruzó la carretera y se dirigió hacia el motel. Bajó con ella al sótano. Era una habitación amplia, oscura y fresca excavada en la piedra viva. La pared del fondo estaba cubierta por la bodega de aguardiente casero de lagartija; las botellas estaban ordenadas por años. A la derecha se encontraban una caldera enorme y vieja, una mesa, dos sillas y unos alambiques donde Edgardo destilaba y embotellaba el licor.

–Martina –le dijo a la niña–, tu madre está muerta y enterrada. Deja ya de fingir que la peinas. Mira a tu hermano Alberto. Le asustas con tus excentricidades. Yo te quiero, Martina, soy tu padre. Alberto te quiere. Es tu hermano... Ocúpate de los vivos, Martina, ¿me oyes? Hazme caso por una vez. ¡De los vivos!

Tras sus palabras, Edgardo agarró dos botellas de licor de una añada muy vieja y subió las escaleras. Desde la puerta del sótano se giró para decirle a Martina:

–Estás castigada, hija. Piensa en lo que te he dicho. Ahora volveré con un colchón para que puedas descansar más cómoda. ¿Querrás algo más?

Martina no contestó. Se sentó en una silla mientras Edgardo cerraba la puerta e iba hasta la cocina de la cafetería, donde se sirvió un vaso hasta arriba del aguardiente que acababa de subir del sótano. Era la primera vez que castigaba a su hija seriamente. No quería que ella volviera a cruzar sola la carretera para ir al secadero. Era una temeridad. Podía caer enferma por la putrefacción de los lagartos, podía atacarle una víbora o un alacrán, podía ser atropellada. Justo ante la parcela del motel había un cambio de rasante que dificultaba la visibilidad a los conductores y provocaba ligeros espejismos en las horas en que el sol estaba más alto. Esperaba que Martina subiera la escalera y aporreara la puerta pidiendo perdón, incluso llorando. Esperaba que se asustara y aprendiera la lección. Un rato allá abajo y la dejaría salir. Pero a Martina no se le escuchaba. Entonces un coche aparcó frente al motel. Era el único vehículo que había parado en toda la tarde. Bajó de él un muchacho de hombros anchos y escasa estatura que andaba buscando trabajo. Dijo llamarse Ramón. Edgardo le respondió que en el motel se bastaba él solo, pero que en Jabalí Nuevo, unos pocos kilómetros al norte, hacía falta un camarero en la taberna de la plaza Mayor. Mientras charlaban, Edgardo revisó el aceite del coche, el agua del radiador, el filtro de aire y la presión de los neumáticos, pero no quiso cobrarle nada. El chico le había caído simpático. Ramón se despidió de Edgardo con un apretón de manos, agradeciéndole la información y la puesta a punto del auto.

Edgardo contempló cómo el automóvil se perdía hacia el norte. Luego entró de nuevo en la cafetería. No se escuchaba a Martina. Tomó otro vaso de aguardiente. Se sentó en una de las mesas. No podía más. No sabía cómo educar a sus hijos. En realidad, no se veía capaz de manejar a Martina; era una niña demasiado compleja y difícil. En ese momento entró Alberto en la cocina y, al ver a su padre derrumbado en la mesa, corrió a abrazarlo. Cuando Edgardo logró tranquilizarse, se tragó a morro lo que quedaba de aguardiente en la botella y agarró con dos dedos la lagartija macerada en el alcohol. Masticó despacio sus huesos y amarga carne.

–Tranquilo, hijo, no pasa nada. Me pillé un dedo con la puerta –mintió Edgardo–. Eso fue todo. Y ahora venga, ve cerrando las ventanas, que pronto oscurecerá.

Alberto le obedeció y Edgardo fue a por un colchón a una habitación cualquiera de la planta baja. Bajó con él al sótano y lo tumbó en un rincón. Martina continuaba sentada en una silla con la cabeza apoyada sobre la mesa. Se acercó a ella y trató de acariciarle el cabello, pero la niña se revolvió con aspereza y se quedó mirándole fijamente a los ojos con el ceño fruncido. Edgardo le sonrió con tristeza y volvió a subir las escaleras. Regresó al poco con sábanas, mantas, almohadas y una botella de agua. Martina ya no estaba en la silla, sino sobre el catre, acurrucada contra la pared. Edgardo dejó las ropas de cama junto a su hija y se sentó en el borde del colchón.

–Martina –dijo con voz muy suave mientras su hija le daba la espalda–, yo no puedo estar todo el día pendiente de vosotros. La cafetería, el motel... dan mucho trabajo, lo sabes. Y vosotros dos no me ayudáis en nada. Has de entenderlo: no puedo dejar que hagáis siempre lo que os dé la gana. Tampoco pido demasiado. Os lo he repetido cientos de veces: no quiero que crucéis la carretera; no quiero que estéis en el secadero. Es peligroso. Como no me hacéis caso, tendré que empezar a imponeros un poco de disciplina. Quien no cumpla mis reglas pasará la noche castigado en este sótano. A ver si así aprendéis. No me dejáis más opciones. Martina...

–Martina qué –le interrumpió la niña con sarcasmo de mujer adulta–. Estoy harta de este motel. No hay nada que hacer. Parece que nos tienes encerrados aquí dentro. Ni siquiera nos llevas a un colegio porque dices que nos basta con aprender a leer y sumar y que eso nos lo puedes enseñar tú sin tener que llevarnos cada día al pueblo. Solo crucé al secadero, leches. Y no me va a atropellar ningún camión, se les oye a un kilómetro. Y no estoy sorda.

Edgardo tomó aire. Estaba perdiendo los estribos, pero se controló y, como si no hubiera sido interrumpido por la niña, prosiguió:

–Mira, cariño, no me quiero enfadar, es muy fácil. Estas son las reglas, y ya sabes el castigo: uno, nada de jugar a hablar con muertos; dos, mamá está muerta y tampoco se juega con ella; tres, nada de cruzar al secadero; cuatro, se acabó el tararear esa canción de antes; cinco, tu hermano y tú empezaréis a ayudarme con la cafetería a la hora de comer; seis...

–Seis –le interrumpió por segunda vez Martina–, no se bebe más aguardiente en esta casa; siete, no se pega a tus hijos; ocho…

Martina no pudo continuar porque Edgardo le cruzó de nuevo la cara de un guantazo. En un solo día Edgardo había abofeteado por dos veces a su hija. Nunca antes lo había hecho. Se levantó y ascendió las escaleras.

–Has incumplido mis reglas, papá.

–Buenas noches, Martina, lo siento –dijo Edgardo a media voz mientras cerraba con llave la puerta–. Estás castigada. Luego te bajaré algo de cena.

En cuanto la puerta se cerró, Martina comenzó a cantar a gritos la canción que Edgardo le había prohibido, la canción que había aprendido de su madre muerta. Edgardo estuvo a punto de abrir de nuevo y bajar corriendo a taparle con un trapo la maldita boca de fresa a su hija, pero logró contenerse. Se acercó otro vaso de aguardiente.

A media noche, los grillos hacían vibrar sus patas contra los costados. Martina continuaba, aunque ahora ya en murmullos, cantando la misma melodía que le crispaba los nervios. Edgardo se levantó muy borracho y subió a la habitación de Alberto, que dormía, ajeno al otoño que hacía que el desierto se quedara muy quieto por las noches, como si estuviera conteniendo el aliento. Solo se escuchaban los grillos, o el aullido lejano de algún coyote. Unas pocas veces en toda la noche el motor de un camión brotó sordo en la lontananza; se acercaba lentamente, rajaba en dos el silencio al cruzar ante el motel y volvía a desvanecerse en la lejanía. Edgardo besó a su hijo en la frente, olisqueó su cuello y percibió un aroma dulzón de sudor y tierra.

–Buenas noches, renacuajo.

Luego bajó las escaleras, dejó las llaves del sótano puestas en la cerradura de la puerta y cogió las del coche de encima del aparador del vestíbulo de entrada. Edgardo quería largarse de allí, dejar atrás aquel jodido páramo desierto, aquel motel de carretera donde el aire era rancio y melancólico desde que Magdalena faltaba, hacía ya ocho veranos. Huir bajo la noche cuajada de estrellas con su automóvil hasta que no quedara asfalto; eso era lo que iba a hacer. Tenía sesenta años y dos hijos mellizos que podrían ser sus nietos. Se abrigó una parca de piel de caimán y fue hasta el automóvil. Cuando cerraba la puerta de entrada, escuchó a Martina, que aún seguía cantando.

El coche no quería arrancar. El motor estaba frío. Pero al fin la gasolina explosionó en el carburador y los pistones empezaron a trabajar, mecánicamente. El chasis vibraba al ralentí. Edgardo, con el freno de mano aún puesto, pisó el acelerador suavemente varias veces para que el motor tomara temperatura. Metió primera, largó el freno de mano y, mientras levantaba un pie del embrague, pisó con el otro el acelerador, con mal conseguida suavidad. Estaba tan borracho que se le caló el motor a los pocos metros. Suspiró, puso punto muerto y trató de ponerlo de nuevo en marcha. Esta vez fue más sencillo pero, cuando ya salía a la carretera, a la altura de la verja, frenó el automóvil en seco con el freno de mano.

–¡Qué coño haces, Edgardo! ¡Maldita sea!

El motor se había vuelto a calar. Las ruedas habían alzado

en la frenada una nube de tierra. El perro atado a la higuera que crecía junto a la entrada, ladró sin muchas ganas y luego tosió por culpa de la polvareda. Los grillos continuaban su sordo concierto con las estrellas. Edgardo no quitó las llaves del contacto ni apagó las luces, que iluminaban de manera espectral a los espantapájaros del secadero. Sacó del bolsillo interior de su parca una petaca y tomó un sorbo. Su aliento hedía a aguardiente, tanto que Edgardo pensó que si se encendía un cigarro se incendiaría desde los labios a la boca del estómago. Tiritaba de frío. Afuera, la luna menguante dejaba un zumo marrón en la atmósfera y, aunque no tan intensamente como cuando estaba llena, un sutil sahumerio que recordaba al óxido. Eso era, se dijo Edgardo, la noche de este jodido desierto estaba oxidada y con ella también los habitantes de aquellos vacíos parajes. Volvió a mojar sus labios con la bebida y descendió del coche para descaminar el sendero hasta la casa. Varias veces tropezó Edgardo en las sombras de su borrachera. Dio algunos gritos que hacían callar por un instante a los grillos cercanos y ladrar a los perros. Entró por fin en el motel. Martina ya no cantaba. Se habría quedado dormida. Descendió al sótano sin encender la luz, a tientas, y casi cayó rodando. Se quitó las botas y el abrigo y se echó junto a su hija.

–Lo siento, princesa, siento lo de esta tarde. No sé lo que me pasa. Me he vuelto viejo y arisco. Bebo demasiado. Extraño a tu madre –murmuró Edgardo. Luego lloró, abrazado a ella, hasta dormirse. Lloró como no lo había hecho en años. Lloró lo que no pudo llorar cuando murió Magdalena. Lloró toda la pena y soledad que había soportado con hombría aquellos últimos ocho años en que se había dado al alcohol. Todo lo que no había sabido expresar en aquel tiempo brotaba ahora de sus lacrimales. Y la tristeza era salada y húmeda, como no recordaba que fueran las lágrimas.

A la mañana siguiente, el automóvil de Edgardo, que durante horas había iluminado con sus faros el secadero de iguanas, se quedó sin batería. Edgardo se despertó muy tarde, cuando un camionero, que trataba de entrar en la posada, vio que un coche con la puerta del conductor abierta se lo impedía, y arrancó a los bocinazos rompiendo la paz que reinaba en el lugar. Edgardo apenas recordaba nada de la noche anterior. La resaca trató de superarla con un tazón de café expreso y mucha, mucha paciencia con aquel camionero charlatán que no sabía hablar más que de prostitutas y de las apuestas en las peleas de lagartos que se celebraban en Burgo de Cuerva.

Martina leía un libro cualquiera para niños en una mesa junto a la ventana, callada y distante. Ya no estaba castigada. Alberto todavía dormía, envuelto en sábanas de franela. Cuando llegase la luna llena, al cabo de tres semanas, Martina iba a sufrir su primer ataque de epilepsia; caería sobre el parquet de la cafetería con los ojos en blanco y rígidos espasmos se apoderarían de su cuerpo. Edgardo se iba a acostumbrar a aquellos trances en que tendría que apoyar a Martina sobre un costado y ponerle entre los dientes una servilleta para que no se tragara su propia lengua.

6.

Martina tenía trece años y había menstruado por primera vez el invierno anterior. Desde los ocho sufría periódicos ataques de epilepsia a los que su padre y Alberto se habían ido acostumbrando. Ella no. Le advenían sobre todo en momentos de tensión o angustia; como en aquella ocasión, hacía unas semanas, en que un camionero cincuentón y desagradable se la comía con la mirada mientras ella atendía las distintas mesas de la cafetería, llena aquel domingo a rebosar.

El asqueroso camionero, cuando ella le servía postre y carajillo de aguardiente, le susurró:

–Estás hecha una mujer. Te pareces a tu madre, ¿sabes? Era un bombón. ¿También tienes el coñito pelirrojo?

Martina no contestó, pero sintió que se le removía el estómago. Ya se retiraba cuando el hombre la retuvo por la muñeca y la acercó hacia sí.

–Si vas luego a la cabina de mi camión, te doy un par de billetes de cincuenta –le escupió al oído.

Martina se revolvió y le lanzó una bofetada. El hombre por un momento quedó desconcertado, pero luego se puso a reír. Edgardo, que presenció la bofetada de Martina, la llamó a la cocina. Ya había comenzado a soltarle una reprimenda cuando la niña cayó al suelo entre espasmos. Martina, justo antes de desvanecerse, escuchó un ruido muy alto, como si alguien hubiera encendido una radio dentro de su cabeza y hubiera subido el volumen al máximo, para después apagarla repentinamente. Aquello duró apenas unas décimas de segundo. Desde entonces, cada vez que sufriera un ataque de epilepsia, iba a experimentar esa misma alucinación auditiva. Era el primer latigazo, el aviso de que iba a desplomarse en cualquier momento.

Martina, a sus trece años, era hermosa y salvaje como un atardecer en el desierto. Hacía tiempo que los viejos verdes que paraban en el motel la acosaban con sus comentarios obscenos. A ella aquello le daba asco y miedo. Miedo porque hacía meses que algo extraño y caliente había ido despertándose también dentro de ella: el deseo. Y no sabía manejarlo. A veces se despertaba a media noche, húmeda y desconcertada, tras haber soñado que un cliente joven le mordía la nuca y le sobaba el cuerpo. Aquellos sueños se repetían cada vez más a menudo, igual que los ataques de epilepsia. Así fue como empezó a masturbarse a solas en su cuarto. Hacerlo la relajaba y hacía que los ataques fueran menos frecuentes. Solía imaginar a su hermano desnudo y a ella acariciando y chupando su sexo.

Fue en aquella época, a principios de la primavera, cuando Martina convenció a su hermano para ir hasta el río Iguana. Hacía ya algunos años que ella y Alberto tomaban el sol en la azotea, como habían visto hacer a los lagartos. Era hora de explorar el desierto más allá de las alambradas del motel. Tomarían el sol junto al río para después darse un baño. Alberto al principio se negó, pero Martina sabía manipularlo y el muchacho terminó cediendo.

–Iremos mañana –le dijo Martina–. Te llamaré temprano.

Era domingo y los mellizos se despertaron a las seis de la mañana. El sol apenas había despuntado por el este y la atmósfera todavía era fría, delicada y gris anaranjada. Llenaron en el pozo dos cantimploras con agua. Dieron de comer a las gallinas y a los varanos del cerco. El cartel del motel junto a la verja aún estaba iluminado y parpadeaba. Edgardo les preparó dos bocadillos de carne de lagarto que él mismo desecaba cada invierno. La noche anterior le habían dicho que querían ir a Jabalí Nuevo a pasear por la feria del domingo. Y habían logrado convencerle. Antes de que partieran les recordó que anduvieran paralelos a la carretera pero sin acercarse demasiado a ella y que cuidaran de llevar bien cerradas las botas.

–Para que ningún escorpión hijo de perra se os suba a los tobillos y os clave su veneno –les dijo.

Ellos respondieron que no se preocupara, que ya no eran dos niños.

–¿Seguro que no queréis que os acerque en coche?

–Que no, Edgardo –aseguraron; seguían sin llamarle papá más que en contadas ocasiones–, así damos un paseo. Además pronto se despertarán los huéspedes y querrán desayunar.

Los mellizos salieron a la carretera y caminaron un centenar de metros hacia el norte, hasta que una loma los ocultó del motel. Cruzaron entonces la carretera y atravesaron el secadero de iguanas rumbo al cañón y el río. Caminaron por el pedregal un par de horas largas. Avanzaron entre dispersas pitas cuyos bohordos florecidos se alzaban hasta alcanzar cinco o seis metros de frágil altura. Siempre habían imaginado el río Iguana como un brazo de agua cristalina rodeado de árboles o quizá bosque. Así que se desilusionaron al remontar las paredes de los peñascos y contemplar el profundo barranco donde un riacho granate a tramos se agostaba para volver a brotar decenas de metros más abajo. No había árboles, sino ralos matorrales esparcidos aquí y allá, algunas pitas y bastantes cactus. Lo que sí les impresionó fue la belleza de los amplios despeñaderos que protegían el río y brillaban rojizos bajo el sol. Buscaron un lugar por el que fuera más fácil el descenso.

Sobre sus cabezas planeaban algunos buitres que anidaban en las paredes rocosas. En el barranco se cruzaron con decenas de lagartos de distintas especies que se asomaban al sol, quietos como estatuas, para calentarse. Hallaron una zona donde el río Iguana tenía suficiente caudal como para remojarse hasta la cintura y allá se instalaron, bajo la media sombra de una enorme chumbera. El griterío de las cigarras rebotaba en los acantilados y se hacía ensordecedor.

Extendieron un par de toallas y Martina se desnudó. Alberto, avergonzado, se dejó los calzoncillos puestos. Se untaron de crema protectora a pesar de ser primavera, pues al mediodía se alcanzaban sin problemas los treinta o treinta y cinco grados. Después se tumbaron al sol como dos lagartos más. Ella leía una novela policíaca; él se quedó dormido, bocabajo.

Martina disfrutaba de su lectura y del silencio. Allí no llegaba el ruido de los camiones ni los gritos de Edgardo, ya raras veces sobrio. Allí no tenía que preocuparse de huéspedes ni clientes, que a veces la observaban con ojos turbios, brillantes de lascivia. Allí no estaba su madre muerta, que todavía esperaba a los gitanos para largarse con ellos. Martina se sentía tan relajada y a gusto que, cuando quiso darse cuenta, no entendía lo que leía, pues el sol sobre su piel pecosa había logrado excitarla.

Martina cerró el libro y se giró hacia su hermano. Admiró su cuerpo brillante de sudor, delgado pero fibroso, color de arcilla. Se acercó y le acarició la espalda. Alberto estaba profundamente dormido tras el madrugón y la caminata. Tras cerciorarse de ello regresó a su toalla y se abandonó a las sensaciones. El sol y una ligera brisa le acariciaban la piel. Sintió cosquillas en los mulos y el abdomen. Estaba mojada. Sumida en cierto sopor, se descubrió rozando al descuido con las yemas de los dedos su pelvis, su fino vello amielado, de tonos rojizos. Se acarició los aledaños de las ingles. Percibió la sangre agolpada y ansiosa alrededor de su sexo; un tambor de nítidos latidos que le hicieron arquear la espalda. Alberto se volvió, dormido, y se quedó boca arriba, respirando pesadamente. Martina esperó un rato por si su hermano despertaba. No lo hizo. Alberto tenía una erección. Martina contempló aquel bulto bajo su ropa interior y lo deseó con fiebre. Se acarició con fruición a sí misma hasta romperse en un orgasmo oscuro. Fue como avanzar por un túnel donde se iban abriendo pesadas cortinas de color vino. Hasta que abrió los ojos. Trató de ahogar sus gemidos. Alberto todavía dormía. Se levantó y se bañó en el riacho, avergonzada y feliz a un tiempo.

Antes de que el sol cayera por el oeste, los mellizos regresaron al motel. Al llegar, Alberto no abrió la boca, pues no sabía fingir, y fue Martina quien engañó adorablemente a su padre contando con todo lujo de detalles lo que habían hecho y visto en la feria de Jabalí Nuevo: las faldas de colores, el perro que ladraba y daba saltos si alguien echaba unas limosnas a su enjuto dueño ciego, la noria desde donde se podía incluso otear el motel, las atracciones de mujeres barbudas, el baratillo de sortijas y espejos, Ramón, el camarero de la taberna de la plaza del pueblo, que les había invitado a unos batidos...

Edgardo, contento por la alegría contagiosa de sus hijos, que ya eran dos atractivos muchachos, les dijo que pusieran la mesa y les sirvió la cena. Por primera vez en mucho tiempo fue una cena tranquila y distendida en aquella familia. Edgardo creyó que por fin las cosas iban a cambiar entre él y sus hijos. Aquella noche no se sirvió ni una sola copa de aguardiente.

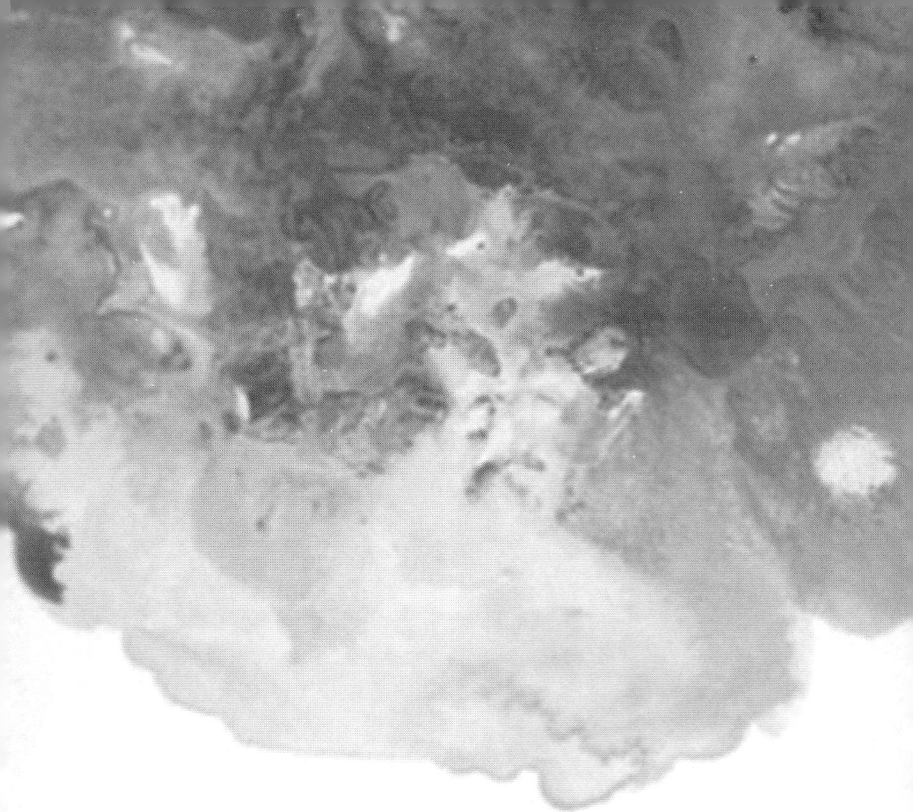

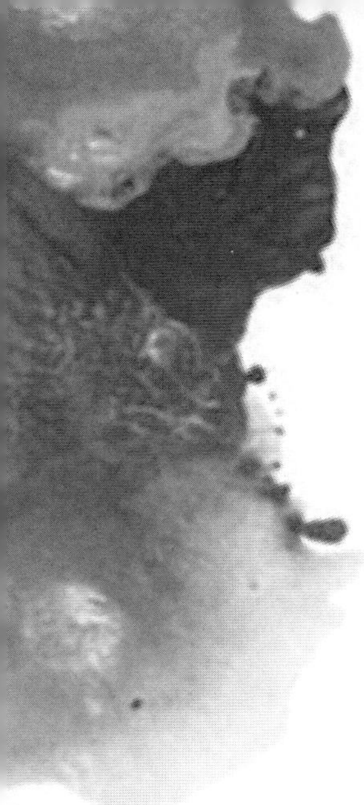

El empleado de Edgardo capítulo dos

7.

Ramón se presentó una tarde en el motel y estuvo hablando con Edgardo durante un par de horas. Martina y Alberto pudieron observarlos desde el patio a través de las ventanas de la cafetería. Temieron que su padre descubriera que le habían estado mintiendo durante meses. Discutieron lo que iban a contarle. Decidieron que no confesarían que cada domingo caminaban hasta el cañón del río Iguana a bañarse desnudos. Se mantendrían en sus trece: los domingos se acercaban al pueblo a pasear por la feria. Alberto estaba tan nervioso que se destrozó las uñas de moderlas. No sabía mentir.

Por fin Ramón salió de la cafetería y les regaló una blanca sonrisa artificial. Era un tipo no muy alto, fornido, de apenas veintipocos años. Un hirsuto vello muy negro le cubría todo el cuerpo, excepto la cabeza, donde al joven le raleaba el cabello. Tenía un ojo verde y otro marrón, lo que hacía que su mirada resultase incómoda y desconcertante.

–Hola, chicos –les saludó Ramón–, vuestro padre me ha dicho que venís mucho a verme por Jabalí Nuevo, y que os encantan mis batidos.

Ramón le acarició la cabeza a la niña, despeinándola. Lanzó una carcajada y se fue hasta su automóvil. Martina le vio caminar y deseó que aquel hombre desapareciera para siempre de la comarca. Deseó que la tirara contra una cama y la apretara contra él hasta saciarse. Ramón arrancó el coche mientras Edgardo se asomaba desde la cafetería:

–Ya conocéis a Ramón. Mañana se trasladará con nosotros. Va a ayudarme con la cafetería a las mañanas y os dará clases algunas tardes. No terminó la universidad, pero será suficiente. Trabajará a cambio de comida, habitación y un jornal ridículo. Tiene buenas ideas, tal vez hasta pongamos un par de surtidores de nafta...

A Martina se le nublaron de repente los ojos de rabia.

–¡Te odio, Edgardo, te odio! –gritó Martina a su padre mientras se daba la vuelta y corría a su habitación del primer piso.

–Y ahora qué mosca le ha picado a tu hermana –le preguntó Edgardo a Alberto sin esperar en realidad una respuesta.

El muchacho contestó encogiéndose de hombros y poniendo cara de ganso.

8.

Un domingo cualquiera de primavera en que los mellizos ya habían partido hacia el cañón de río Iguana, Ramón le pidió a Edgardo el día libre para ir a Jabalí Nuevo a cortejar a una muchacha. Edgardo se rió, le dio una palmada en la espalda y comentó:

–Tú, que todavía eres joven… Claro que sí, hombre, no hace falta que vuelvas hasta mañana.

Ramón salió de la cafetería, montó en su automóvil y fue hasta la carretera. Avanzó en tercera medio kilómetro, pero después se metió en el desierto de un volantazo y condujo tierra a través hacia el oeste.

Esa misma mañana había espiado a los mellizos desde la ventana de su cuarto y descubrió qué camino era el que realmente tomaban cada domingo en vez de visitar la feria del pueblo. Tenía curiosidad por saber qué carajo tramaban aquellos dos muchachos. Cuando llegó cerca de la entrada al cañón encontró un lugar escondido donde aparcar el auto. Después caminó con cautela entre los riscos y peñas arroyo arriba hasta dar con Martina y Alberto. Los muchachos estaban tumbados sobre unas toallas, ajenos a él, que los espiaba desde la altura del peñascal con unos viejos prismáticos. Alberto estaba tumbado bocabajo, en ropa interior. La muchacha leía un libro, con la espalda apoyada en una roca. No llevaba nada puesto. Ramón la contempló con detenimiento: aquella muchacha se estaba convirtiendo en una mujer extraordinariamente atractiva. Su cabello rojizo y lacio, su pequeña boca de labios carnales y encendidos, su nariz chata y pecosa, sus pestañas rizadas, aquel vientre liso, aquellas piernas largas y contorneadas, sus pechos todavía adolescentes y tersos...

Martina cerró el libro que estaba leyendo y lo dejó a su izquierda. Ante la sorpresa de Ramón, comenzó a acariciarse los muslos con delicadeza. Bajó lenta por su interior hasta detenerse en su entrepierna. Martina empezó a masturbarse con suavidad. Los labios abiertos, la cabeza hacia atrás, los ojos cerrados. Ramón se hallaba desconcertado. Se sintió incómodo ante la situación; algo violento. Apartó los prismáticos y se levantó de golpe para regresar a su coche. Algunas lascas rodaron peñasco abajo. Martina se sobresaltó ante aquel pequeño desprendimiento y giró la cabeza hacia el despeñadero. Divisó a un hombre que se escapaba deprisa entre los escarpados roquedales y creyó reconocer la camisa roja de Ramón. Alberto se despertó al poco tiempo, pero Martina no le dijo nada. Estaba mojada de pasión entre las piernas y se metió en el riacho a nadar durante unos minutos para enfriar su deseo. Cuando regresaron al motel, Ramón les esperaba en el porche.

–¿Cómo os ha ido en la feria? –les preguntó con malicia.

A partir de aquel domingo, cada vez que Martina se masturbaba en sus escapadas al río Iguana, se imaginaba a Ramón espiándoles desde el despeñadero. Odiaba y deseaba por igual al empleado de su padre. Pero lo cierto es que Ramón no había vuelto a perseguirles. Él también se sentía atraído por la muchacha, pero tenía tan solo trece años y era la hija de su jefe. No quería problemas.

A veces, de madrugada, Ramón escuchaba a Martina abrir la puerta de su dormitorio y avanzar descalza por el pasillo, cuyo piso de madera crujía, para detenerse ante la puerta de él. La oía respirar agitada y nerviosa. Entonces Ramón tosía y la muchacha correteaba de vuelta a su cuarto. Las habitaciones de ambos eran contiguas y estaban tan solo separadas por un fino tabique de madera. Martina empezó de vez en cuando a darse placer de rodillas sobre la cama con la boca apoyada en las tablas que le separaban de Ramón para que este pudiera escuchar sus finos gemidos contenidos y se decidiera al fin a girar el pomo de la puerta para montarla a horcajadas; pero eso no ocurrió nunca. En ocasiones, Martina se ponía una ridícula falda cortísima y se sentaba en los últimos peldaños de la escalera para que Ramón, al terminar de recoger en la cafetería, cuando subiera a acostarse, pudiera admirar sus firmes muslos y su ropa interior más nueva y blanca. Ramón, al pasar junto a ella, le acariciaba la cabeza y le daba las buenas noches con una sonrisa irónica que a Martina le quemaba en la boca del estómago.

–Ojalá te mueras ahora mismo, marica –le escupió en alguna ocasión Martina mientras él continuaba hasta su cuarto y cerraba la puerta, divertido y asustado al tiempo por el peligroso juego de aquella adolescente carcomida de deseo.

–Es solo una cría –trataba de convencerse a sí mismo Ramón, ya en la cama–. Está en una edad difícil y por aquí no pasan demasiados chicos. Eso es todo. Se le pasará.

9.

Era un domingo especialmente tórrido de principios de verano. Llevaban algunas horas tirados junto al riacho y Martina acababa de salir del agua. Estaba tan hermosa que Alberto se quedó con la boca abierta. Tenía unas caderas huesudas y unos pechos pequeños de pezones rosados. Martina caminó hacia la toalla y se tendió en ella. Pequeños riachuelos de agua se le desprendían piel abajo.

–Ponme crema –le pidió a su hermano.

Alberto comenzó a extender el protector por su espalda.

–Ya que estás sigue por mis piernas y el culo –rió Martina.

Su hermano obedeció.

Ramón, oculto tras unas rocas a apenas veinte metros de los mellizos, estaba espiándolos. No sabía por qué, aquella mañana, se había visto arrastrado de nuevo a las cañadas del río Iguana. Deseaba contemplar otra vez a Martina desnuda. Sabía que era una locura y que aquello no tenía sentido, pero no había logrado controlarse. Llevaba cerca de veinte minutos observándolos bañarse, tomar el sol. Martina hacía rato que lo había descubierto. Y se sintió excitada. Quiso actuar para él. Desarmarlo.

Alberto acabó de extender la crema por el cuerpo de su hermana melliza. Para él había sido al tiempo una delicia y una tortura acariciar aquel cuerpo adolescente y casi propio. Las nalgas de Martina brillaban al sol como una escultura de bronce mojado.

–Ahora me toca a mí –susurró la muchacha con una media sonrisa pícara–. Túmbate bocarriba.

Empezó a embadurnar el cuerpo de Alberto muy despacio, hasta llegar a su sexo. Apenas lo rozó, sintió que aquel trasto crecía hasta ponerse muy duro.

–¿Te gusta? –preguntó, pero Alberto fue incapaz de responder nada. Cerró los ojos.

Martina acarició el sexo de su hermano con suavidad de gata, jugó a masturbarlo mientras miraba fijamente a Ramón, quien sintió que el despeñadero se derrumbaba a su alrededor. Martina estaba tan mojada que empezó a gemir como un animal. Alberto eyaculó enseguida y a Martina los ojos le brillaban húmedos de deseo.

Luego Alberto se tumbó de costado y se quedó dormido en unos pocos minutos, mientras su hermana le acariciaba la espalda y el cabello. Entonces Martina se separó de él y caminó descalza hasta el roquedal de enfrente. Le escocía la piel entre las piernas, se hallaba tan agitada que pensó que se iba a orinar de placer mientras andaba. Ramón la agarró por la nuca, la levantó por los muslos y la abrazó, fuera de sí. Las piernas de ella se cerraron sobre su cintura y Ramón le abrió las nalgas y acarició aquel precioso paraíso adolescente. Después la desvirgó con suavidad. Fuera de la visión de Alberto, ocultos tras las rocas.

Martina ni gritó ni se quejó; parecía haber nacido para montar a hombres y amarlos sin medida. Ramón tuvo que cubrirla por tres veces aquella tarde hasta lograr saciarla. Pero ni aun así aquella mujercita tuvo siquiera un conato

Alberto sintió que un tornado repentino le arrasaba por dentro. Durante el camino de regreso a casa, se mantuvo en silencio. Martina se le acercó varias veces y quiso darle la mano con ternura, pero Alberto retiró la suya y le miró con odio. Después aceleró el paso para tratar de ocultar sus lágrimas.

–No me pasa nada –escupió Alberto cuando Martina le preguntó.

Toda la noche Alberto estuvo pensando en escapar del motel y caminar hacia el norte, sin lograr conciliar el sueño. Miraba a través de la ventana de su cuarto hacia el desierto amarillo como un mantel bajo la noche rojiza, sin luna. Abrió un atado de cigarrillos que había robado a la hora de cenar de detrás del mostrador de la cafetería. Tomó uno y lo encendió a la primera con un fósforo. Pegó un par de caladas sin conseguir tragarse el humo. Cuando logró aspirarlo, sintió que los pulmones le hormigueaban y tosió igual que un viejo. Estaba algo mareado por el cigarro. Una rara tristeza le penetró por las plantas de los pies, mezclada con odio, y le anegó el cuerpo a la altura del ombligo y del plexo solar. Era un dolor extraño, seco, sin lágrimas; una melancolía tosca y hostil que no podía ser llorada. Con las volutas grisazuladas del humo aquella presión ciega y pantanosa se adormeció un tanto y se hizo algo más llevadera. Odió a Martina como nunca creyó que llegaría a hacerlo, con la misma intensidad con la que hasta entonces la había amado; a Ramón no consiguió odiarlo, pues solo lo que apreciamos de todo corazón puede llegar a repugnarnos de tal modo, a provocar semejante resentimiento; a Ramón simplemente lo detestaba.

Alberto se sintió desamparado bajo la noche brillante. Se torturó con infantiles imágenes de suicidio o huida. Martina, al contrario que su hermano, aquella noche concilió el sueño con facilidad, mientras recordaba con nitidez la piel áspera de Ramón contra su cuerpo, sus labios gruesos que sabían a tabaco apretados contra su boca…

A las pocas semanas, llegaron los gitanos. Se acercaron desde el norte con sus carromatos tirados por viejos burros. Acamparon en el secadero de iguanas tras despejar de corpachos de lagartos una amplia explanada. Despuntaba el sol en el oriente cuando terminaron de fijar las carpas al suelo con cuerdas de esparto. Eran tiendas descoloridas, raídas por el clima y los años. Frente a una de ellas estaban el viejo patriarca don Genaro y su prehistórica madre, que era capaz de augurar el futuro en las tripas de un gallo y de la que se decía que hablaba con los muertos más que con los vivos.

Una docena de niños de tez de aceituna y ojos profundos tocaban palmas y cantaban con esa voz antigua de la raza calé que parecía brotar desde las piedras, subir las pantorrillas, vibrar entre la pelvis y luego desgarrar la boca y la garganta como un arenal de cristales. Los perros les ladraron desde el otro lado de la carretera y despertaron a Edgardo, quien tembló de rabia y rencor al contemplar las raídas carpas y escuchar el alborozo que siempre rodeaba la rutina de los gitanos. Bajó a la cocina sin vestirse, todavía en pijama, sacó un vaso del armario y se sirvió cinco dedos generosos de aguardiente de lagartija.

Edgardo, esa mañana, preparó los desayunos de sus dos hijos, Ramón, tres huéspedes y el suyo propio con la cabeza perdida en sombríos pensamientos. Olvidó encender el fuego, poner los tenedores y la mantequilla en la mesa. Dos huevos se le rompieron al abrirlos y otro más estaba podrido. El café salió como aguachirri, y además se hizo sangre en un dedo al cortar el pan en gruesas rebanadas.

–Malditos gitanos apestosos –escupió en voz alta–, cada vez que llegan, ocurren desgracias. Dejan mala sombra allá donde hacen un alto.

Se sirvió tres dedos más de bebida y los tragó de un sorbo. Pensaba en su mujer, en la última vez que los gitanos acamparon en el secadero. La rabia le encendió el rostro. Arriba, los demás dormían todavía.

Pasaron las semanas y Edgardo se consumía por dentro: de día vigilaba el secadero y maldecía *a esas ratas nómadas*, cómo él los llamaba; de noche se desvelaba a base de café mojado de aguardiente, se cubría con su parca de caimán y hacía guardia en el porche con su escopeta cargada entre las manos temblorosas y un puñado de municiones en los bolsillos. Contemplaba el poblado gitano desde su mecedora, amilanado y nervioso. Cuando sus ojos flaqueaban y los párpados se le cerraban por escasos segundos, se despertaba sobresaltado y con taquicardia. Entonces encendía un cigarrillo y lograba despejarse. Veía las fogatas que los cíngaros mantenían vivas durante toda la noche, escuchaba las voces y la música; les oía reír como chiquillos y emborracharse del vino que compraban en Jabalí Nuevo, pues él les había dejado claro desde la primera tarde que no pensaba venderles aguardiente y que no eran bien recibidos en su propiedad. Cualquier sonido extraño hacía que Edgardo disparara al aire. Los perros se despertaban y ladraban furiosos durante minutos; también los asnos de los gitanos rebuznaban intranquilos en la noche desierta.

Edgardo se fue desgastando por dentro, y el aguardiente sin tregua y los gitanos alteraban de tal forma su ánimo que no se daba cuenta, no era capaz de advertir, la pasión desgarradora que arrastraba a su hija Martina a los brazos de Ramón. No tenía oídos ni ojos para lo que sucedía en el primer piso del motel cada madrugada mientras él hacía imaginaria en el porche de la cafetería para que ningún gitano viniera a llevarse lo que no era suyo. No podría haberse imaginado que cada medianoche su hija caminaba doce pasos descalzos hasta una habitación que no era la suya, ni que después abría la puerta y se aplastaba contra el cuerpo afiebrado de besos de Ramón. Los gritos apasionados de Martina, el chirrido del somier contra las tablas de madera, tanto placer desbordado debajo de las mantas, eran apagados por la algarabía festiva de los cíngaros.

Aquella gente llevaba apenas cuatro días establecida en el secadero cuando Alberto y Martina cruzaron la carretera a escondidas de su padre, quien estaba calibrando la dirección de la furgoneta de uno de sus huéspedes en el desguace. Martina había atravesado el asfalto atraída por su curiosidad, por todo lo que el fantasma de su madre le había contado sobre ellos. Alberto la siguió como un cachorro mientras se encendía uno de los cigarrillos que se había acostumbrado a robar y fumar. Echaba de menos los domingos en el cañón desde que su padre les había prohibido volver a la feria de Jabalí Nuevo mientras aquellas *ratas mugrientas* estuvieran allí, y se mostraba distante con su hermana, que ya no era virgen.

–Dónde carajo vas, Martina, estás loca, son mala gente –le advirtió Alberto antes de caminar tras ella.

El poblado olía a estiércol de burro, al romero que las gitanas viejas lanzaban periódicamente a las hogueras para espantar a los insectos y los malos espíritus, a rancio sudor de axilas morenas y a orín y heces humanas que iban amontonándose en el extremo sur del campamento. Cuando soplaba una ligera brisa, se esparcía por el poblacho el ácido hedor a carne de lagarto descompuesta, que impregnaba la piel e incluso irritaba los ojos.

Los gitanos no estaban hechos para trabajos al uso y durante generaciones habían aprendido a detestar las leyes, rutinas y normas de los payos. Odiaban a los guardias de manera innata, pues cuando estos aparecían era para llevarse preso a alguno de los suyos. Su raza estaba hecha al camino y no se aferraban ni al pasado ni al futuro. Sobrevivían día a día. Enfrentaban cada jornada como si fuera la última. Habían aprendido a ser prácticos en su pobreza y hasta su pena, a pesar de expresarla a borbotones con intensidad rayana a la locura, como el resto de sus emociones, cedía rápido a la alegría de estar vivos. Los gitanos habían nacido para bailar cuando tenían ganas de bailar, cantar cuando querían cantar, reír cuando les daba la gana reírse, hacer el amor cuando les apetecía hacerlo, como los perros. Si tenían hambre y había qué comer, comían; si acechaba el frío y tenían ropas, se abrigaban; si se cansaban de un lugar, recogían sus pocas pertenencias y se marchaban con sus casas a cuestas.

Su riqueza era distinta: habían aprendido a no necesitar apenas nada, a no lamentarse de su pobreza. Habían elegido aquel camino áspero y no entendían a los payos, quienes vivían presos de sus juegos estúpidos de convenciones y máscaras, atados a pedazos de tierra o a empleos esclavos, hacinados en pisos en ciudades feas. No podían comprender su estupidez: que temieran tanto a la libertad de lo desconocido que tuvieran que regirse por papeles escritos y planear su futuro meticulosamente, olvidándose así del día en que vivían. Los gitanos amaban la fiera libertad de dormir bajo las estrellas, libres como el viento que los arrastraba arriba y abajo por el planeta. Aquella forma de ser era lo que había arrastrado a Martina a cruzar la carretera.

Los gitanos, al contrario de lo que predicaba Edgardo, se mostraron hospitalarios con los dos muchachos y les ofrecieron algo de carne asada y un vaso de vino:

–Porque también los niños tienen derecho a mamarse –les dijo don Genaro, quien sintió curiosidad ante los dos niños payos. Aquella muchacha pelirroja tenía que ser la hija de Magdalena, la mujer a la que había maldecido catorce años atrás, cuando murió su nieto a manos de los guardias.

La madre de Genaro leyó las palmas de las manos de los mellizos. A Martina no quiso decirle que, a pesar de que iba a conocer distintos hombres, siempre estaría sola; en las manos de Alberto pudo ver claramente el amor desbordado hacia su hermana, el delirio de sombras que iba a provocarle aquella pasión, la angustia atroz como una flor que arrastraría siempre en su corazón; leyó sin problemas frases enteras: *Sin ti, sin ti, sin ti, sin ti, la vida me hiela y me despoja* –o, por ejemplo:–. *Ahora que no estás, Martina, que soy tan especial como los otros, siento ganas de enterrarme en la arena del desierto a dejar que las víboras me ataquen o los buitres me arranquen la carne de la cara.* Pero no les dijo nada de todo aquello, sino que les mintió a los dos. Les prometió que serían muy felices y luego les besó en la frente.

–Vuestra madre quiere venirse con nosotros –les dijo–. Lleva muchos años esperando, atrapada. Yo puedo verla. Hablar con ella. La ayudaremos.

Más tarde algunos gitanos tomaron sus instrumentos y un muchacho descamisado y lampiño, de piel muy oscura, desgarró la voz en una canción frágil y poderosa, llena de malegría y tristerrisas. Eran palabras difíciles que parecían arañar el pecho a quien las escuchaba, una mescolanza imposible de felicidad, vida y esperanza por un lado y horror primitivo, huesos dislocados y pena honda, como los pozos del desierto, por otro.

Aquel gitano de diecisiete años se llamaba Raimundo, tenía ojos color betún brillante, dedos largos y delicados de poeta vagabundo, y nada más contemplar a la paya, supo que quería morder aquellos labios carnosos, hundir su cuerpo en aquella piel amielada y prohibida. Alberto no se dio cuenta de cómo se miraban, aunque sí pudo observar que Raimundo se acercaba a su hermana tras el cante y le murmuraba algo al oído. Dos noches más tarde, el gitano fue hasta las vallas de metal del motel, las rodeó sin prisa y saltó adentro por la zona del desguace. Amó a Martina contra el capó de un coche sin ruedas, le untó el cuerpo con aceite de motor usado que había en unas garrafas y la montó despacio con esa pasión maldita propia de su estirpe, resbalando contra ella, tapándole la boca con las manos para que nadie les escuchara. Martina tuvo tres orgasmos, los primeros de su vida con un hombre; luego Raimundo se derrumbó sobre ella en un corto estertor, se subió los pantalones, saltó las alambradas con cuidado y corrió satisfecho a dormir en la carpa de su familia.

Varias veces más, durante las semanas en que los gitanos estuvieron aposentados en el secadero de iguanas, Martina, que no tenía suficiente con Ramón, vio al muchacho gitano;

pero se sentía en el fondo tan sola que alguna noche Alberto la escuchó sollozar. Lloraba con impaciencia, con ligeras pausas y nuevas recaídas, sin ritmo, a sorbotones de moco, hiposa, sin aliento, desmesurada, como llora la gente que no está acostumbrada a hacerlo, como si después de llorar no fuese a quedar mundo, y el llanto se alargaba durante horas hasta que Alberto se tragaba el orgullo, iba al dormitorio de ella y se acercaba a abrazarla como cuando eran más niños y dormían en una misma cama junto a su padre.

–Tranquila, shhh… ya pasó, duerme, Martina… estoy aquí contigo –decía Alberto mientras le acariciaba el cuello, amándola y odiándola; satisfecho en su rencor por aquella infelicidad de su hermana; sintiendo asco de sí mismo por regocijarse en el dolor de la única persona que sabía que siempre estaría a su lado.

–Estamos tan solos en este desierto, Alberto –murmuraba ella a veces antes de dormirse.

Una noche de fines de verano, los gitanos desataron las cuerdas de las carpas, hicieron los baúles, cargaron su escasas pertenencias en los carros y partieron carretera abajo hacia el sur. Martina estaba despierta y bajó al porche, donde su padre hacía guardia.

–Se van –comentó Edgardo.

Sí, se van, pensó Martina, que vio a la luz marrón de la luna creciente el espectro de Magdalena, su querida madre, feliz por marcharse al fin con los gitanos, con el cabello adornado de flores silvestres. Estaba sentada junto a Genaro. Más atrás, Raimundo caminaba descalzo junto a la carreta de sus padres, sonriente y hermoso como un duque. Martina les dijo adiós con la mano. Edgardo dejó su fusil en el suelo y abrazó a su hija. Ya es casi una mujer, pensaba.

Pocos días más tarde se desataron las tormentas de arena, no tan violentas como las del verano en que nacieron los mellizos, y todos en el motel, excepto Martina, parecieron olvidarse de los gitanos. Ella los extrañaba.

10.

Ramón, aparte de sus tareas en el motel y la cafetería, se ocupaba tres tardes por semana de la educación de Martina y Alberto. Les enseñaba matemáticas, ciencias naturales, algo de historia y geografía, y sobre todo les proporcionaba libros con que inculcarles el hábito de la lectura. Ambos eran buenos estudiantes, dos muchachos despiertos e inteligentes. Pero así como a Martina le apasionaba la ficción desde muy pequeña, a Alberto le aburría sin excepción.

–¿Y esta mierda para qué nos sirve? –preguntaba en ocasiones Alberto cuando debían leer una novela y comentaban después diferentes aspectos de su trama o estilo.

Ramón se reía y nunca contestaba; quizás no supiera la respuesta.

Cada mes Ramón iba hasta Burgo de Cuerva a hurgar en viejas librerías de segunda mano donde se hacía con diferentes lecturas que luego entregaba a los mellizos. De entre todos los libros, hubo un par que a Martina le cautivaron. El primero se titulaba *Fahrenheit 451*, de Ray Bradbury. Comenzaba con una cita que explicaba el título: "Fahrenheit 451: temperatura a la que el papel de los libros se enciende y arde...". Martina quedó subyugada por el arranque de la historia: "Era un placer quemar. Era un placer especial ver cosas devoradas, ver cosas ennegrecidas y cambiadas". Pero de aquella narración el fragmento que no iba a olvidar jamás era el siguiente: "Los buenos escritores tocan a menudo la vida. Los mediocres la rozan rápidamente. Los malos la violan y la abandonan a las moscas". Martina pensó que esas tres frases definían a la perfección la diferencia entre la buena literatura y la que no merecía la pena.

La otra novela que fascinó a la muchacha se titulaba *Manual de insurgencia*. Era de un autor extranjero del que nunca había oído hablar, un tal Jacob Saldívar. Ramón les explicó que aquel escritor practicaba una literatura poco ortodoxa donde jugueteaba con diversos géneros de serie B a los que lograba dotar de verdadera profundidad y transcendencia gracias a su talento innato. Era un escritor de culto en el país fronterizo. Con leales y fervientes seguidores, pero muy denostado entre los academicistas, quienes no podían aceptar que un novelista fuera grande si no se ceñía a pautas más realistas o convencionales.

–Así de retrógrados y cortos de miras pueden llegar a ser los críticos literarios –les dijo.

La historia en cuestión transcurría en un mundo imaginario similar a la Tierra que giraba alrededor de tres estrellas rojizas. El libro comenzaba relatando las vidas desapasionadas de aquellos habitantes, sus rutinas y trajines cotidianos, muy parecidos a los de cualquier ciudad real de nuestro planeta. De repente una mañana aquella mentira pactada se rompía sin más, ante un hecho en apariencia sin la mayor importancia. Los habitantes del planeta despertaban y el mundo se hallaba cubierto por una niebla impenetrable que no iba a desaparecer en el transcurso de las semanas ni los meses. Era una bruma tan densa que parecía que la humanidad entera se hubiese quedado ciega. La novela, llegado ese momento, describía la transformación ocurrida en la gente. Todos comenzaron a sentirse anónimos en medio de la oscuridad grisácea de la niebla; una niebla caliente que empapaba los cuerpos de humedad. Sus páginas narraban cómo los ciudadanos dejaron de acudir a sus trabajos y los niños a las escuelas. Todos se quitaron sus máscaras sociales y empezaron a actuar con la amoralidad con que se comporta un crío. Uno de los pocos entretenimientos que les quedaban, desprovistos del sentido de la vista, fue el fornicio, a lo que el calor extremo, que les hacía pasearse desnudos, contribuía. Y se dedicaron a ello sin reservas. No importaba que uno fuera demasiado joven o viejo, muy gordo o extremadamente flaco, soltero o casado, negro, blanco o de cualquier otro color. La gente era feliz como nunca lo había sido, sin tener que respetar tanto convencionalismo como habían seguido hasta entonces. Se sentían libres por vez primera en sus existencias. Pero entonces, un día cualquiera de febrero, tal y como había llegado, la niebla desapareció. Volvieron a tener que usar ropa para no avergonzarse. Regresó el frío. Comenzaron las rutinas de antes: los policías volvieron a comportarse como policías, los ladrones como ladrones. Los feos otra vez fueron feos y de nuevo los obesos se sintieron muy gordos y los flacos más delgados que antes. La novela describía minuciosamente la rutina de las fábricas, las oficinas, los colegios... Los habitantes de aquel planeta con tres soles ardientes se sintieron desgraciados de nuevo, esclavos de ellos mismos, como si una epidemia sin cura azotara su mundo. La historia terminaba con un párrafo devastador que dejó a Martina sin aliento y que recordaría muchos años después: "Habían decidido que querían la niebla, que no podían ya vivir sin ella. Hicieron lo único posible para recuperarla: se arrancaron los ojos los unos a los otros y se los dieron de comer a los perros. Para que siempre hubiera niebla. Para que nunca más regresase la luz".

De tal manera había impresionado a Martina aquel libro que, noche tras noche, antes de encerrarse con Ramón en el cuarto a fornicar como ratas, se acercaba a la habitación de su hermano a leerle algunas páginas. Al principio Alberto no prestaba mucha atención al relato, pero le gustaba recuperar la intimidad con su hermana, de la que se había distanciado desde que era la amante secreta de Ramón.

Martina le leía una docena de páginas por noche y en menos de una semana Alberto ya estaba enganchado a aquella historia. Pronto esperaba con impaciencia que llegara la hora en que su hermana venía a meterse en su cama para leerle un capítulo más. Tras la sesión, Martina cerraba el libro y se acostaba contra el pecho de su hermano. Él le acariciaba el cabello durante un rato largo. Luego Martina se despedía con un tierno beso en la boca. Alberto alguna vez había intentado algo más, pero ella le detenía:

–Para, Alberto. Somos hermanos, no estaría bien. Lo que pasó en el río fue una niñería. Búscate una novia en el pueblo, tonto. Eres muy guapo –le decía ella.

Después se marchaba a la habitación de Ramón, doce años mayor que ella, a sudar contra su cuerpo y rogarle que no parara, que la montara despacio:

–No, ahora más rapido, me matas, no pares, no pares, lléname el coño de leche, no me importa, lléname el coño de leche...

Alberto se rompía entonces por dentro. Escuchaba sus gemidos apagados y quería morirse. Pero había olvidado cómo se lloraba el día en que su hermana melliza había perdido la virginidad con aquel hombre. Maldijo la tarde en que su padre había contratado a Ramón. La maldijo con todas sus fuerzas. Martina había estado a su lado siempre, desde el útero. Por primera vez se encontraba solo, abandonado a sí mismo. El desierto le parecía una cárcel.

11.

Estaba avanzada la madrugada rojiza de un sábado de invierno cuando Edgardo se despertó. Todavía estaba borracho y tenía unas ganas terribles de orinar. Fue al baño con paso tambaleante y entonces escuchó gemidos y susurros provenientes del dormitorio de Martina. Pudo distinguir los roncos quejidos de un hombre entrelazados a los gimoteos agudos de su hija.

–Hijo de puta –murmuró entre dientes–. Es solo una niña.

Con tranquilidad levantó la tapa del excusado y vació medio litro de orina oxidada. Unas gotas cayeron en el dorso de su mano al sacudirse. Eran calientes.

–Tu orina apesta a espárragos –recordaba vívidamente que le decía siempre su mujer cuando volvía a la cama tras vaciar sus aguas en el retrete.

Después bajó a la cocina y abrió el candado de la armería, donde había dos rifles de gran calibre y una escopeta de caza, aparte de varias docenas de cajas con munición. Agarró primero la escopeta, pero la dejó de nuevo en el armario y eligió el rifle de mayor calibre, capaz de tumbar a un buey de un único disparo. Cargó ocho proyectiles en el arma e hizo chasquear el mecanismo que dejaba la primera bala lista para ser disparada con solo presionar el gatillo. Antes de subir las escaleras, bebió varios tragos de la botella de aguardiente que estaba sobre el mueble de formica.

–Hijo de la gran puta, hijo de la gran puta… –murmuraba, poseído por sentimientos negros.

Al llegar a la habitación de Martina, Edgardo trató de abrir la puerta, pero estaba cerrada por dentro. Entonces descerrajó dos disparos contra la cerradura, que voló en mil pedazos. Adentro pudo ver a Ramón, aquel empleado al que apreciaba tanto como a sus hijos, en el que confiaba como se confía en un hermano, separando su asqueroso trasero de Martina y la cama. Ella estaba como la trajeron al mundo, abierta de piernas sobre el colchón, con el sexo todavía hecho agua y el cuerpo aterrado de tal modo que era incapaz de moverse o cubrir su desnudez con las ropas de cama. Edgardo sintió que una rabia desmedida le apretaba las tripas y, para aliviar la tensión, disparó cuatro veces contra las paredes y la ventana, que voló en añicos. Martina no pudo ni siquiera gritar; Ramón balbuceaba incoherencias y explicaciones que Edgardo no quiso escuchar. Le golpeó a su empleado con la culata del fusil en la cara y le hizo caer al piso de madera.

–No quiero verte nunca más por aquí o juro por la memoria de mi difunta esposa que te he de volar los testículos, hijo –dijo con voz de borracho Edgardo–. Te doy treinta segundos para que te largues; si no has desaparecido de mi vista, te voy a meter hierro en la carne hasta que no te muevas. Es solo una niña. Uno, dos, tres, cuatro...

Ramón recogió su ropa del suelo mientras el viejo le apuntaba y seguía contando en voz alta. Todavía desnudo, echó a correr escaleras abajo. Ventitrés segundos después ponía su automóvil en marcha. Treinta segundos más tarde atravesaba las verjas de entrada. Dos últimos disparos resonaron en la fría noche. Pasaron cuatro minutos hasta que Ramón se detuvo en la cuneta de la carretera para vestirse y continuar manejando hasta el pueblo más próximo. En el motel los perros ladraban sin remedio.

Alberto y los huéspedes se habían despertado con los disparos y salieron de sus cuartos para ver qué era todo aquel estruendo. Consiguieron apartar a Edgardo de Martina, pero ya le había machacado la cara a porrazos; le había hundido la nariz, le destrozó una ceja y la frente, las mejillas y pómulos, los labios... con la culata del rifle. Martina no lloraba. Restaba quieta y temblaba como un cachorro huérfano, pero no lloraba. Tal vez el dolor, los cardenales y la sangre de las brechas que le surcaban el rostro no se lo permitían.

–Te juro que no volverás a tocar a un hombre hasta que yo me muera. Ni leerás un solo libro más –aseguró Edgardo desde la puerta. Después fue apilando en el patio todas las novelas que Ramón había traído a aquella casa. Hizo una pira grande, que roció con un bidón de gasolina, y la prendió fuego.

Alberto contempló la escena tras los cristales rotos de la ventana del cuarto de su hermana. Cuando las llamas se alzaron frenéticas como lenguas, se acercó a Martina. Uno de los huéspedes le había desinfectado las heridas y las había cubierto con gasas. Alberto ayudó a vestirse a su hermana y la condujo a su habitación. Se abrazaron debajo de las mantas con cariño infinito.

–Alberto, tengo miedo…

–Tranquila, Martina, nadie va a volver a hacerte daño, te lo prometo –dijo Alberto, que nunca había faltado a su palabra, y Martina se arrulló contra su cuerpo atlético de catorce años. Pensaba en Ramón y en que nunca más volvería a verlo. Aquella certeza le dolía incluso más que su cara hinchada a porrazos o las cenizas de los libros quemados.

La única novela que había sobrevivido a la quema de Edgardo, fue la que al fin Alberto se había decidido a leer gracias a su hermana: *Manual de insurgencia*, de Jacob Saldívar. Martina recordó la frase con que empezaba la historia: "La niebla borró los tres soles que quemaban el planeta". Se rió de la ironía de que justo aquel libro se hubiera salvado del fuego. Estaba en el cajón de la mesita de Alberto. Esa misma noche su hermano lo iba a terminar de leer para enterrarlo luego junto a una de las alambradas del patio, envuelto en bolsas y protegido también por una caja de plástico. Para que su padre no lo encontrara.

Abajo, en la cafetería, Edgardo caminó lo que restaba de noche de lado a lado, bebiendo a muerte botella de aguardiente tras botella de aguardiente. Hablaba consigo mismo a gritos y a la mañana lo encontraron dormido sobre el piso junto a un charco de vómitos y cristales rotos.

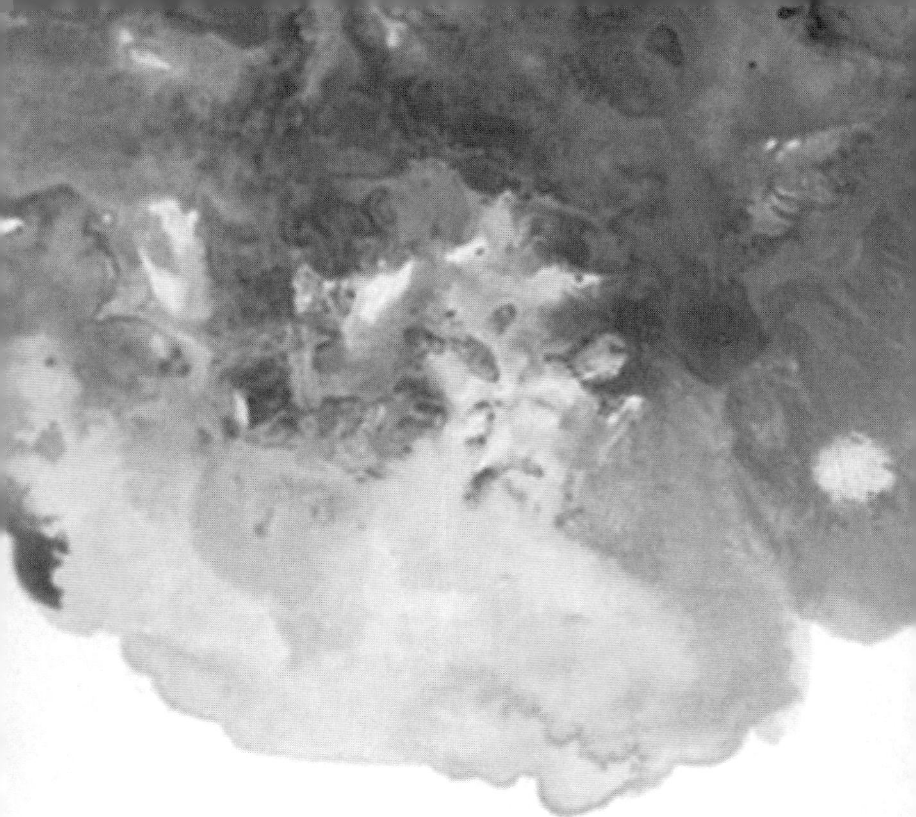

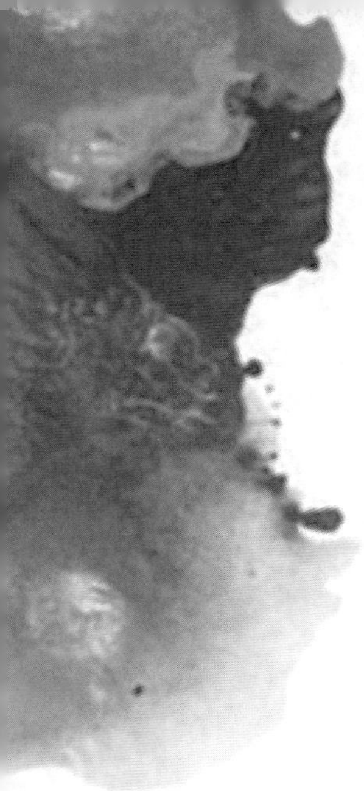

El aguacero y Alberto
capítulo tres

12.

Las semanas que siguieron fueron tranquilas. Era una calma artificial y triste. Nadie hacía ruido en el Motel del Secadero; parecía un castillo poblado por fantasmas de carne y hueso: los clientes de la cafetería procuraban comer y beber sin estruendo, los huéspedes caminaban descalzos y casi de puntillas sobre el piso de madera, los perros apenas ladraban, las gallinas no cacareaban y hasta los gallos habían dejado de cantar… pero Martina sufrió los ataques de epilepsia más graves y llamativos que había tenido hasta entonces. Caía al suelo con los ojos en blanco y le brotaba espuma por la boca desencajada. Tenía temblores y latigazos, emitía un sonido punzante desde sus cuerdas vocales que recordaba al coito de un animal. Edgardo no le prestaba demasiada atención y dejaba que su hija yaciera durante minutos sobre charcos de espuma como una perra envenenada. Alguna vez hasta se había sentado a contemplar cómo se retorcía en el suelo sin noción de realidad.

Una tarde en que Edgardo estaba reparando la ventana del cuarto de Martina y las tablas destrozadas por los disparos, le dijo a su hija:

–Ojalá te queden cicatrices.

Pero Martina ni siquiera le contestó. Tanto ella como Alberto habían dejado de hablarle y la tensión en el motel podía morderse con los dientes. Edgardo se entregaba al alcohol a manos abiertas para tratar de sobrellevar la situación. Caminaba taciturno, arrastrando sus casi setenta años, por la casa de huéspedes, sin rumbo, cada vez más borracho. Extrañaba los días tranquilos junto a su esposa, los atardeceres en el porche, la ilusión y tantos sueños que Magdalena y él compartían cuando llegaron a la comarca. Todo se lo había llevado el viento, todo fue robado por las tormentas de arena.

Martina se había trasladado a la habitación de Alberto y volvían a compartir la cama, como cuando aún eran críos. Edgardo lo sabía, y aquello no le gustaba, pero no tuvo fuerzas para decirles nada. Había perdido toda autoridad sobre ellos. Tras lo ocurrido con Ramón y la paliza a su hija, ya no lo respetaban.

Noche tras noche, Alberto observaba a Martina, quien sufría con frecuencia pesadillas y sollozaba en sueños. Él trataba de tranquilizarla. La abrazaba con suavidad, le acariciaba el cabello hasta que ella se acurrucaba contra él y su sueño se hacía plácido de nuevo.

Algunas madrugadas subían al terrado a contemplar las lluvias de estrellas que azotaban cada invierno, durante semanas, los cielos del desierto. Esperaban a que Edgardo se durmiera, salían de la casa abrigados y con algunas mantas, colocaban la escalera contra los aleros y ascendían con cuidado. Allí, tumbados junto a la chimenea y cubiertos por las mantas, observaban en silencio el cinturón de asteroides que golpeaba la atmósfera. Los perros ladraban hacia el cielo surcado de estelas brillantes, los lagartos del criadero se encontraban agitados. Martina pensaba en los libros que

Edgardo había quemado, en Ramón, y recordaba el cuerpo áspero de este entregado por primera vez al mundo de su cuerpo, las caricias de pájaro en la espalda, los besitos de pez en la boca que tanto la hacían reír; y deseaba, pedía a las estrellas fugaces, que trajeran nuevas pieles, ritmos sedosos, cadencias de gemidos, el arco de otras vértebras, hombres que dibujaran con los pies el nombre de ella en la arena, que le mordieran los pechos, que escribiesen con tiza en las paredes palabras inventadas que la hicieran temblar. Era solo una adolescente. Tenía apenas catorce años.

A Alberto, sin embargo, le asediaban pensamientos más sombríos, sentía que la vida le dolía por dentro y pensaba en el hombre derrotado que sería dentro de treinta años, y dónde estaría su hermana, y en sus manos adultas buscando un maldito cigarro con que engañar al niño que ahora era. Casi podía, en aquellas horas, tumbado de espaldas en el terrado, percibir cómo el planeta rotaba sobre su eje y se desplazaba alrededor del sol.

–Hoy Edgardo ha vuelto a pegarme –le confesó Martina a su hermano mientras le enseñaba unos cardenales en el hombro–. Me empujó cuando me lo crucé en el pasillo. Ha perdido la cabeza. Está viejo y loco. Cada vez bebe más. Me da miedo.

–No te preocupes, Martina, he estado pensando mucho… Llevo días dándole vueltas –dijo Alberto, que desde hacía semanas planeaba meticulosamente, hasta el último detalle, la manera en que iba a asesinar a su padre–. Voy a matarlo.

Martina no respondió. Bajaron a acostarse y dejaron en

las paredes un rastro de jabalí herido. Tanto ella como Alberto, desde aquella madrugada en que este le contó sus intenciones, iban a sufrir continuos ataques de ansiedad o de pánico; devorarían cigarrillos como borrachos, se iban a morder las uñas y los padrastros hasta hacerse sangre, y a caminar sin norte por la casa a media madrugada.

13.

El día en que Alberto iba a matar a su padre, el cielo amaneció cubierto por gruesas nubes del color del estiércol. Era la primera vez en siete años que una tormenta sobrevolaba el Motel del Secadero. El aire era frío y húmedo, y el sol apenas enrojecía a través de aquel manto de nubes esponjosas. Más atrás del cañón del río Iguana relámpagos amarillos y naranjas unían la capa nubosa con el suelo sediento, pero los truenos tardaban en llegar a los oídos de Alberto. La tormenta estaba todavía alejada cuando besó la espalda de Martina, se levantó con cuidado de no despertarla y se fue vistiendo.

Apenas eran las cinco de la mañana cuando salió al patio y caminó despacio por el sendero hasta la carretera. Ningún vehículo estaba aparcado ante la cafetería y nadie se hospedaba aquellos días en el motel. Edgardo debía de estar adentro barriendo o durmiendo todavía la mona, como sucedía últimamente. Daba igual, pensó Alberto, estaba todo decidido y aquel sería el último día en la vida de su padre. Iba a apagar el letrero luminoso de la carretera y a colgar en la verja un cartel blanco con grandes letras negras: "No quedan habitaciones. Cafetería en reformas". Luego atrancaría la entrada con cadenas y ataría junto a ellas a los perros más fieros. Tras ello regresaría a la cafetería, aserraría uno de los primeros peldaños de madera de la escalera del sótano y se sentaría en una mesa cualquiera a vigilar a su padre. La noche anterior habían vaciado las botellas de aguardiente de lagartija que guardaba Edgardo en la barra y solo habría que esperar a que este se decidiera a bajar a la bodega a por más, que se quebrara el peldaño serrado y que cayera por las empinadas escaleras, desnucándose. Iba a parecer un accidente. Si antes del mediodía Edgardo no bajaba, Martina tenía que encargarse de romper a palazos las botellas del sótano, atrayendo la atención del viejo. Dejarían pasar unas horas y después llamarían a los guardias del cuartel de Jabalí Nuevo.

Alberto llevaba casi media hora sentado en aquella silla y repasaba mentalmente cada detalle mientras observaba a su padre, su respiración pesada, sus ojos desvaídos, el andar melancólico mientras terminaba de barrer. Entonces sonó una bocina de camión desde la carretera. La bocina berreó cuatro o cinco veces.

–Mira a ver qué pasa, Alberto –pidió su padre.

El muchacho se levantó y caminó despacio hacia la verja de entrada al terreno. Había estudidado palabra por palabra lo que tenía que decir al camionero, estaba todo previsto.

Alberto se había librado de él y regresaba a la cafetería cuando comenzó a descargar un aguacero de barro sobre la tierra reseca, que no probaba agua desde hacía casi una década. Sintió los dedos de la lluvia en su nuca, contempló los círculos oscuros que cada gota dibujaba al golpear el suelo. Pronto toda la tierra se tiñó de un marrón más vivo e intenso. Era la segunda vez que veía el milagro de la lluvia desde que naciera.

Al entrar de nuevo en la cafetería, Edgardo no estaba. Ya habrá bajado a la bodega, pensó Alberto. Corrió hacia el pasillo que llevaba al recibidor de la casa de huéspedes, cruzó ante la puerta abierta de la cocina y enseguida escuchó los quejidos de Edgardo proviniendo de abajo, del sótano. Alberto había dejado a su paso las huellas embarradas de sus botas sobre el piso. Se paró ante las escaleras que descendían empinadas a la bodega, contempló el peldaño roto en mil astillas y pudo escuchar más nítidos los lamentos agudos de Edgardo. Adivinó a su padre tumbado de espaldas sobre el suelo sin poderse levantar.

–Ayúdame, Alberto –trató de gritar su padre–, creo que me he aplastado una vértebra.

Pero Alberto permaneció donde estaba, observando impasible cómo la sangre brotaba igual que un vino negro de la nuca de Edgardo y se encharcaba despacio alrededor de su cabeza.

–Ayúdame, Alberto, me duele muchísimo –repitió sin aliento el hombre que le había visto nacer a él y también a su hermana.

Alberto estuvo toda la mañana sentado al borde de la escalera, esperando a que Edgardo se decidiera a morir, pero aquel viejo se resistía a los vientos huracanados de la nada, luchaba como un animal por seguir consciente y chillaba con mayor vehemencia que al principio. Los alaridos se mezclaban con el fragor de la tormenta. Nadie podría escucharlos. Solo había que esperar a que el anciano terminara de desangrarse. Martina y Alberto dirían al oficial de policía que habían estado toda la mañana preocupados por su padre, que no regresaba, y que no habían descubierto su cuerpo hasta después del mediodía. El peldaño quebrado atestiguaría que había sido un accidente y ellos dos comenzarían una nueva vida de adultos a cargo del negocio donde habían vivido siempre.

–Alberto, no podemos dejarle ahí como a un cerdo –dijo Martina a su espalda.

Los aullidos de dolor de su padre la habían despertado. Era casi mediodía.

–Tranquilízate. Vete a la cafetería y prepara la comida. Olvídate de él. Yo bajaré a por una botella, necesitaremos un trago.

–Martina, por amor a tu madre, Martina –vociferaba el viejo desde abajo–, ayudadme, por favor. Ayúdame, no soporto el dolor…

Alberto obligó a su hermana a marcharse y bajó con cuidado la escalera. Edgardo se retorcía en el suelo. La sangre olía fuerte y mareaba.

–Por favor… –musitó su padre, pero Alberto se limitó a mirarle unos segundos a los ojos. Después agarró dos botellas de aguardiente, subió al living y cerró la puerta tras de sí.

Martina preparó un almuerzo sencillo: algunas salchichas, croquetas de varano, dos huevos fritos y patatas. Comieron en silencio en aquella cafetería vacía. Alberto sirvió dos vasos de aguardiente de lagartija.

–Toma un trago, Martina, nos sentará bien –dijo a su hermana.

Afuera llovía intensamente, aunque con torpeza; parecía de noche. El agua corría por las ventanas y galopaba sobre el terrado como una sorda batucada.

Tras fregar los platos, se dieron cuenta de que Edgardo había dejado de quejarse. Alberto pensó que por fin habría muerto, así que decidió regresar al sótano a comprobarlo. Pero en cuanto abrió la puerta y encendió la luz, Edgardo reanudó sus gritos y rogó que se apiadaran de él.

–¿Es que no piensa morirse nunca? –preguntó Alberto.

Hacía casi diez horas que estaba allí desangrándose y probablemente con alguna vértebra aplastada, pero se agarraba al mundo como un clavo. A Alberto le impresionaba aquel feroz sentido de supervivencia que incluso hacía que un anciano se aferrase a los últimos hilachos de vida con una tenacidad animal. Deseaba fervientemente que aquello terminase de una maldita vez. Entonces se acercó Martina con el rifle de su padre en las manos. Lo cargó ante la mirada atónita de su hermano.

–Toma, Alberto. Baja y termina lo que hemos empezado. Nadie merece tanto sufrimiento; ni siquiera él.

Alberto cogió el arma con dedos agarrotados y descendió de nuevo hasta donde estaba Edgardo. Este dejó de gritar mientras miraba a su hijo de pie ante él, sosteniendo el fusil. Alberto apuntó a la cabeza de su padre. Le apoyó el arma sobre la sien, acarició con la yema del dedo índice el gatillo, pero no tuvo el valor de apretarlo.

–Acaba con todo esto de una vez, hijo –suplicó Edgardo con esa súbita serenidad que nos asalta cuando por fin besamos la boca podrida de la muerte, cuando podemos acariciar sus pechos arrugados, su pubis de gusanos hambrientos.

–No puedo –murmuró el muchacho.

No hablaba para Edgardo, ni siquiera para su hermana.

Martina descendió las escaleras, tomó el rifle en sus manos y disparó sobre su padre. Le reventó el rostro con la primera bala, pero cargó el arma y apretó el gatillo media docena de veces más. Luego dejó caer el rifle de sus manos y se puso a llorar, abrazada al cadáver. Edgardo había sido el primer hombre que la vio llorar, el día en que nació; y sobre su cuerpo duro, que se fue enfriando con rapidez, ella iba a ser la última mujer que le llorase.

Martina y Alberto estuvieron sentados treinta y ocho interminables minutos junto al cadáver. Ella había dejado de sollozar. Alberto recogió los casquillos de balas que cubrían el suelo. Comprobó por última vez el pulso de su padre. Estaba tan quieto como los pistones de un motor gripado. Entonces acarició la nuca de su hermana, que estaba acurrucada en el suelo, descalza y con su vestido azul a cuadros.

–Ya pasó todo –murmuró–. Ayúdame a subirlo. Habrá que enterrarlo.

Alberto agarró al fiambre por las axilas y Martina lo sostuvo por los tobillos. Les costó casi cinco minutos remontar los peldaños de la escalera. Apoyaron el cuerpo en el suelo y descansaron un poco.

–Trae el aguardiente, necesito unos sorbos –dijo Martina.

Ambos bebieron y volvieron a arrastrar al muerto. Esta vez cada uno agarró una pierna y lo estiraron hasta llegar al patio. La cabeza desarbolada de Edgardo fue dejando un rastro de sangre por el pasillo y golpeó feamente contra cada escalón del porche. Allí lo dejaron, bajo el aguacero de amarillo metal, bajo el lento gas del atardecer.

Martina entró a limpiar con agua caliente y una fregona vieja, que después quemaría en las calderas de la calefacción, toda la sangre del suelo. Pensaba en qué iban a contarle a los guardias, pues Edgardo era un colador de balazos y toda la planta baja apestaba a pólvora. Alberto fue hasta la cabaña junto al desguace a por un pico y una pala. Él no pensaba en nada, solo cavaba un foso a pocos metros de la tumba donde reposaba enterrada su madre. La tierra estaba dura a pesar de la tormenta, y estuvo sacando paladas hasta bien entrada la noche. Una vez abierto un nicho lo suficientemente profundo llamó a su hermana y enterraron a Edgardo sin pronunciar una sola palabra. Lo enterraron con una docena de sus botellas de aguardiente y su parca de piel de caimán. Colocaron una improvisada cruz de madera sobre la tumba, aunque no eran creyentes. No derramaron ninguna lágrima.

A Martina le dolía el hombro por culpa de los disparos.

Entraron a cambiarse de ropa y a calentarse antes de cenar.

14.

–Mañana me voy, Martina. Me entregaré bien temprano a los guardias. Diré que he sido yo quien lo ha matado –comentó Alberto sin levantar la vista del plato.

–Pero Alberto…

–Calla. Ya no hay nada que hacer… Deja que pague por los dos –espetó el muchacho con esa voz trágica que a veces asalta a los adolescentes.

Afuera, la noche seguía descargando agua. No fueron capaces de terminar sus platos. No tenían hambre. Sonó el teléfono. Dejaron que sonara largo rato hasta que se calló. El silencio zumbaba en los tímpanos de ambos jóvenes hasta que Martina lo cortó con su voz aflautada:

–No puedo permitirlo. Yo apreté el gatillo.

–Has de poder, Martina –dijo Alberto sin mirarla.

–Tengo miedo.

–No pienses en ello. Mañana todo habrá terminado.

Martina posó su mano derecha sobre la de su hermano, la apretó entre sus dedos. Buscó sus ojos, pero Alberto los escondía en el plato casi intacto.

–Dime que no vas a entregarte –rogó la muchacha.

Alberto no dijo nada. Recogió los dos platos y los cubiertos. Los fregó sin ganas tras la barra del bar. Martina se levantó de la silla y fue hasta donde él estaba. Se apoyó contra su espalda y lo abrazó. Hizo que se diera la vuelta.

–No te marches –insistió, y besó sus labios con desesperación.

Luego lo condujo al piso de arriba. Lo introdujo en su habitación, lo desvistió despacio, le obligó a tumbarse en su cama y se desnudó para él. Se deshizo en silencio, con tibieza y ternura, sobre su sexo. La tormenta amainó cuando se durmieron, en cueros, el uno en brazos del otro. Alberto se sentía borracho de amor.

Cuando Martina despertó, Alberto ya no estaba en su cama, ni en la venta. Caminaba carretera arriba hacia Jabalí Nuevo. Se iba a entregar al cuartel de la guardia caminera y a confesar que había matado a su padre. Pensaba que probablemente lo trasladarían al correccional de Entrerríos. Pero aún caminaba por el arcén izquierdo de la carretera, maravillado de lo bien que olía el desierto tras veinticuatro horas de lluvia, feliz de haber dejado de ser un niño, asustado por lo que esperaba ahora a aquel hombre que había yacido toda la noche con su hermana melliza, que había tocado la muerte con las mismas manos que luego utilizó para amar. Bebió un trago de agua de la cantimplora y murmuró entre dientes, girándose hacia la posada perdida en lontananza:

–Te echaré de menos, Martina.

Alberto iba a entregarse en el cuartel de la guardia caminera, pero su hermana le ardía en todo el cuerpo de tal manera, con tal intensidad, que se sintió vivo como nunca hasta entonces.

La Tierra brillaba granate en la negrura cósmica. Ajena a ella, giraba; ajena a tanta desesperación, giraba y giraba. Y Alberto sonrió instintivamente, a pesar de aquel agudo dolor. Qué maldita cosa era la vida, se preguntaba, que nos hacía reír por encima de aquella tragedia sin remedio, repetida generación tras generación, desde los primeros hombres hasta los últimos.

El secadero de iguanas, tras las lluvias, se había cubierto de hierbas tiernas e incluso de margaritas silvestres. Se agostarían en unos pocos días, pero eso daba igual. Por un breve espacio de tiempo habría un vergel en medio del desierto. La vida trepaba frenética y verde entre los cuerpos muertos de los lagartos. Sin sentido ni esperanza. Pero crecía a pesar de todo.

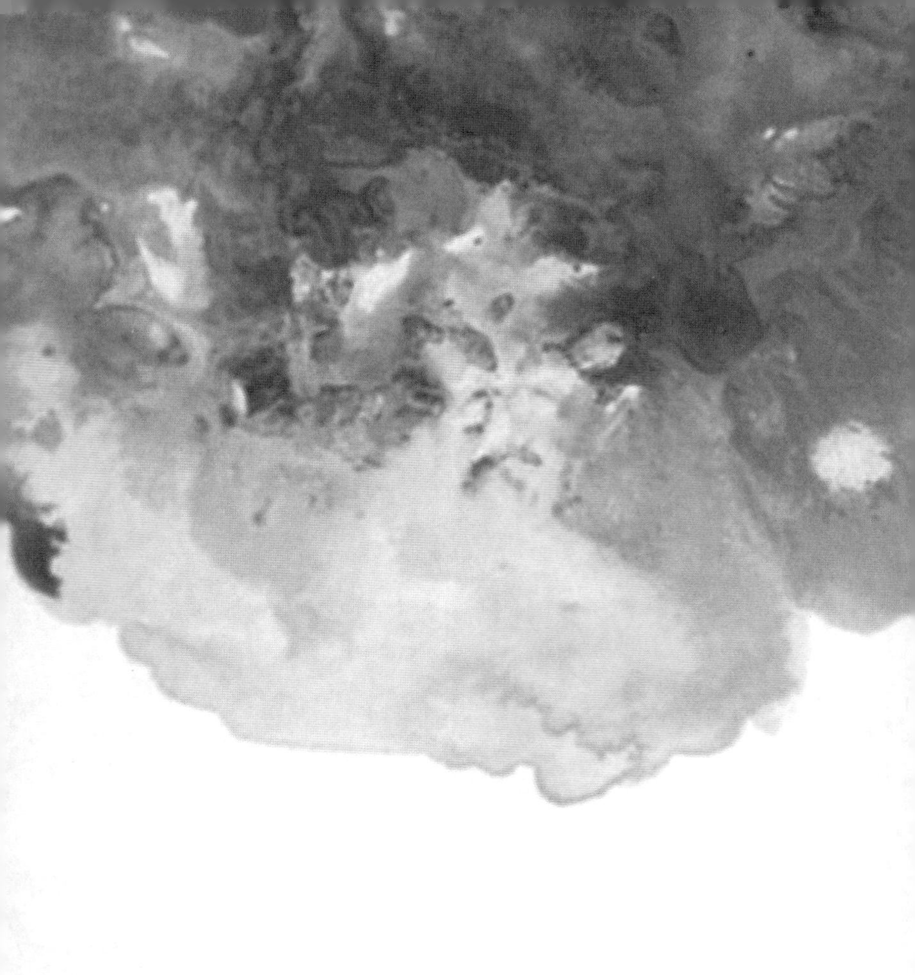

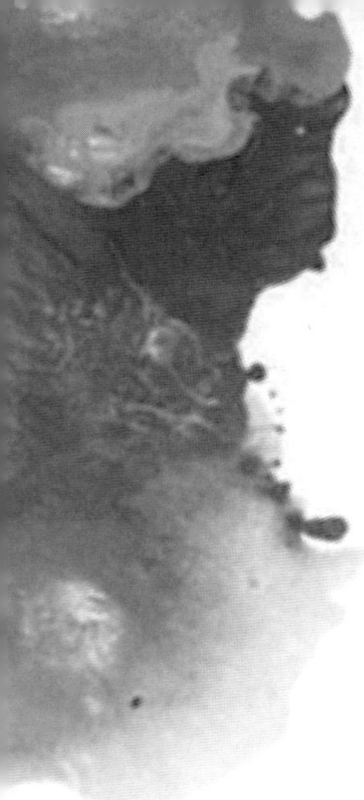

Santiago y Alicia capítulo cuatro

15.

Cuando Martina abrió las persianas, una luz de polvo dorado invadió la estancia. La alcoba hedía a abandono, como toda la casa, como el resto del motel. Detuvo su mirada en las sábanas y las mantas de tejido rudo bajo las cuales había yacido junto a su hermano. En ese mismo instante presintió que nunca más lo vería. Un dolor casi físico le reventó de pronto por dentro, a la altura del pecho. Era lo que llamaban soledad. Pero no la gratificante soledad del sabio, libre de deseos, sino ese sentimiento hostil y perezoso que, como un alacrán, se iba desenredando al calor del día, y se volvía fuerte, destilando el veneno de su pequeño aguijón por donde le entraba todo el dolor del mundo, abocándola a un territorio de fantasmas y ausencias tangibles. Tras conocer su picadura, Martina dejó de hablar. Recordaba las palabras, por supuesto que sí, pero era un sacrilegio pronunciarlas, darle cuerpo a su magia. Ya no creía en ellas, porque eran falsas, porque lo que nombraban ya se había desvanecido y no eran más que sombras de otras sombras.

Los guardas se presentaron aquella misma tarde en la cafetería. Alberto iría a un correccional de Entrerríos, le contaron. Se acercaron a la tumba de Edgardo.

–No hará falta desenterrarlo para ninguna autopsia –aseguró el sargento.

Martina permaneció en silencio hasta que se largaron.

–Si necesitas cualquier cosa, muchacha, haz una llamada

al cuartel, este es el número. En un par de días vendrá tu tío desde Avellaneda de Hoces. Ya le pusimos al corriente de todo –comentó también el sargento.

–Si te da miedo quedarte aquí sola podemos acercarte hasta el pueblo, te harán un rincón en el hostal hasta que llegue tu tío –le informó el otro funcionario.

Martina negó con un débil movimiento de cabeza. Vio al jeep perderse tras la alambrada y enfilar la carretera.

Martina agarró pintura negra, caminó hasta el cartel de la verja que su hermano había escrito el día antes. Le dio la vuelta. Escribió: "Cerrado por defunción". Después empujó la barrera de nuevo, puso el candado y deshizo el trecho hasta la pensión. Bajó a la bodega del sótano y limpió por segunda vez, con salfumán y después lejía, algunos restos que todavía quedaban de la sangre de su padre en el suelo y las paredes. Barrió los cristales de algunas botellas que había tirado sin querer de las estanterías. Limpió las huellas de barro que los agentes habían dejado en la cafetería. Pensó en su tío, sabía que nunca vendría hasta aquel desierto a buscarla. No vino cuando nacieron ella y Alberto, para el entierro de su hermana Magdalena, y tampoco acudiría ahora.

16.

Durante semanas Martina vagó por el motel desierto como un espectro de sí misma. Se cortó la melena de dos tijeretazos. Se quemó los dedos de la mano izquierda lentamente con un encendedor. Algunas noches lloraba con desesperación, como en las grandes tragedias. Lanzaba objetos contra el suelo, ululaba sin voz como una actriz histriónica de cine mudo, pataleaba sobre las tumbas de sus padres… Y entonces, después de setenta y tres días, cuando había perdido toda noción de realidad, alguien vociferó desde las verjas del motel.

–¿Hay alguien ahí? –gritaba un desconocido.

Martina caminó hasta la carretera y contempló durante un rato al extraño. Era un tipo atractivo pero desgarbado. Vestía unos vaqueros descosidos y una chaqueta de pana marrón; calzaba unas botas de montaña muy gastadas. Estaba sucio de tierra y con las manos perdidas de grasa. Se rascaba el cuero cabelludo y la frente, tiznándosela de negro con la ingenuidad de un niño. A aquella escasa carne del extraño se adhería un espíritu profundo y amable. Martina podía percibir el maremoto de candor que brotaba de aquellos ojos marrones y grandes. Como almendras, pensó. Tuvo la certeza de que aquel hombre era anormalmente tierno e inocente, como si apenas contara con dos noches de edad.

–Me llamo Santiago –se presentó el desconocido, pero Martina no contestó, se limitó a abrir el candado, conducirlo hasta la cafetería, apartar la mosquitera de la puerta y hacerlo pasar.

Santiago se sentó frente a una de las mesas y se quitó las botas y los calcetines. Tenía los pies magullados y doloridos. Contemplaba a Martina. La siguió atentamente con los ojos mientras ella le preparaba un abundante desayuno y un litro de café que dejó a los pocos minutos sobre la mesa. Santiago engulló como una fiera la comida y se tragó en un visto y no visto media jarra de café. Entre bocado y bocado comentó a la muchacha que había tenido una avería aquella noche:

–Junta de culata, maldita sea.

Llevaba horas caminando cuando encontró el motel.

Santiago le contó a la muchacha que venía de una ciudad costera del sur. Hacía ya tres años que la recesión económica afectaba a la urbe. Tres astilleros habían cerrado en ese tiempo, y otros dos llevaban el mismo camino, por lo que se sucedían las huelgas de trabajadores, el corte de carreteras, los disturbios con la policía, los encierros… El alto nivel de paro hacía que muchos emigraran hacia el norte del país, donde la economía era más próspera, o a estados del interior del continente. Precisamente en la capital del distrito norte del país, cerca de la frontera, Santiago tenía un tío que iba a darle un empleo en un taller de pintura.

–Llegaré tarde a mi primer día de trabajo –comentó con humor.

Santiago no le confesó la verdadera razón de su viaje hacia el norte. Hacía dieciocho meses que su compañera sentimental lo había abandonado. Se había largado con un camarero guapo, corpulento y casado que no iba a desechar a su mujer por ella. "Estoy harta de pasar penurias, de tirar del carro de nuestra relación", le había dicho. "Además, hace mucho que no disfruto en la cama contigo. Creo que nunca me has entendido; en cambio, él percibe las cosas como yo. Piensa el mundo como yo, Santiago. Lo siento, cariño, pero ya no puedo más. No se puede vivir solo de sueños. Necesito estar sola, reflexionar un poco". Santiago pensó que podía meterse el *cariño* por el puñetero culo, pero no dijo nada, guardó ropa y algunos libros en un petate negro, agarró el estuche de su saxofón, y se largó de aquella casa donde había vivido siete años junto a ella. Poco después, la crisis obligó a echar el cierre al dueño del local donde se ganaba la vida como músico. Santiago trató de sacarse unas perras tocando en la calle para pagar la pensión donde se había instalado. Pero apenas si ganaba para un poco de pan y comida enlatada. A los tres meses estaba sin techo: sin dinero, sin su pareja y sin un lugar donde caerse muerto. Pernoctó en callejones y parques, donde le robaron el saxo. Perdió así su único medio de subsistencia. Malvivió una temporada repartiendo publicidad, una semana de camarero, otra limpiando coches... Pero la crisis fue dejando un panorama laboral cada vez más incierto. Se dedicó a vagabundear de tugurio en tugurio, por antros de olores agrios, sin otro pensamiento que aquella mujer que había perdido para siempre y con quien todo lo había compartido. Había tocado fondo. Por eso aceptó sin dudarlo el trabajo que su tío le había ofrecido en un taller de pintura en el norte cuando hacía quince días lo llamó desde una cabina con sus últimas monedas. Santiago quería escapar de tanta mierda, volver a ser un hombre, olvidarse de su expareja, de aquella mórbida ciudad portuaria donde nació. Esperó a que su tío le enviara un adelanto con el que compró la vieja furgoneta que le había dejado plantado a mitad de viaje.

A pesar de su rostro surcado por prematuras arrugas y su cabello entrecano, Santiago tenía apenas treinta años y toda la existencia por delante.

–Me llamo Santiago –repitió el joven–, ¿y tú?

Martina no contestó, se limitó a tomarle de la mano y le hizo subir hasta el baño. Una vez solo, Santiago se quitó la ropa y llenó de agua tibia la bañera. Se miró en el espejo y se sintió flaco, feo, descuidado y torpe. Se bañó sin prisas, hasta dejar el agua negra. Después se vistió con ropa que Martina trajo del armario de su padre. Era un traje rudo que le quedaba enorme. Martina pensó que parecía uno de aquellos espantapájaros del secadero, y amagó una sonrisa. De repente Santiago tuvo la sensación de que algo se le quebraba por dentro. Los ojos se le encharcaron de compasión por sí mismo y otras tristezas menos simples. Martina lo abrazó mientras las primeras lágrimas se derramaban por sus mejillas. Se dejaron caer sobre las tablas del suelo y así permanecieron en silencio hasta que él logró contener su emoción y se quedó dormido en su regazo.

Martina acariciaba el largo cabello entrecano de Santiago, pensaba en la confianza que aquel hombre depositaba ahora en ella, al dejarse dormir, desarmado y franco, entre los brazos de una desconocida. Pensaba en la enorme carencia de cariño que habría soportado aquel hombre, en la vasta necesidad de dulzura que sufría Santiago. Vigiló su sueño. Como una centinela, Martina veló por él. Pudo contemplar algunas ráfagas de imágenes que se desprendían de su aliento. Santiago soñaba música, y en la música había auroras boreales y también una mujer con el rostro comido por la muerte que ladraba para apagar la melodía que él tocaba.

17.

–Te llamaré Alicia –dijo Santiago al despertarse–. ¿Te parece, Alicia?

Martina asintió mansamente y de inmediato se sintió otra. *Alicia*, pensaba, y atrás quedó todo su pasado. Tanto horror y locura. *Alicia…* y borró de un latigazo a Ramón, a su hermano, a Edgardo y a Magdalena, a los gitanos, las tardes en el secadero de iguanas, el día en que perdió su virginidad, la maldición y el dolor que pesaban sobre aquella otra mujer que había sido: la lejana Martina.

A las pocas semanas eran felices como solo pueden serlo los personajes de un cuento asquerosamente sentimental. Por ello les costó darse cuenta de que algo anormal estaba sucediendo en la comarca. Tardaron más de un mes en extrañarse de que nadie, ningún camionero, hubiera parado a descansar en la posada. Aunque suponían que aquel cartel, "Cerrado por defunción", intimidaba lo bastante.

Santiago tenía demasiadas preguntas que hacerle a Alicia: ¿cuál era su verdadero nombre? ¿Quiénes estaban enterrados bajo aquellas cruces del desguace? ¿Qué hacía una muchacha como ella allí sola? ¿Era muda de nacimiento? ¿Por qué se negaba a comunicarse con él por escrito? ¿Acaso no sabía leer ni escribir? Todas aquellas incógnitas seguían sin respuesta. Sin embargo, Santiago era muy feliz, tan feliz como no recordaba haberlo sido nunca. Pero aquella soledad…

–Es más –dijo una vez Santiago–, he estado observando

varias tardes la carretera y no ha cruzado ni una maldita furgoneta. Algo raro está ocurriendo, mudita.

Esa misma mañana Santiago trató de poner en marcha el viejo coche de Edgardo, que dormía en el desguace, pero el motor estaba muerto y sus conocimientos de mecánica eran más que rudimentarios. A la tarde, la radio dejó de recibir señal. En todos los diales se escuchaba esa bruma sonora y rasposa del vacío. La televisión no había funcionado desde que él llegara y, cuando quiso probar el teléfono, descubrió que la línea estaba cortada. Tres días después comenzó a fallar el tendido eléctrico y dos semanas más tarde estaban a oscuras en el motel.

Podrían haberse desesperado, pero estaban apartados del mundo, dichosos en aquel árido paraíso donde nadie se entrometía entre ellos. Nada importaba para Santiago mientras durmiera contra aquella tibia piel y aquellos ojos, cambiantes como la luz, le despertaran jornada tras jornada; esos ojos que le habían salvado del desastre. Y para Alicia, en quien la vida había renacido, Santiago era un hombre sincero y alegre, sin los rincones oscuros de todas las otras personas que había conocido a lo largo de su infancia y de su adolescencia. Si existía un ser tan limpio, tan desapegado de maldades, tan transparente y cándido, sin corazas ni miedos que esconder, había esperanza para ella: y el resto del planeta se podía ir al infierno; le daba completamente igual. Santiago era lo único que evitaba que se volara los sesos con el rifle de caza que había acabado antes con su amargo, lejano padre.

En medio de un universo horrible, Santiago era una llamarada de belleza que le abrasaba los ojos. Lo amaba sin reservas, hasta quemarse por dentro. Amaba su despertar difícil, lento, de dos cafés y un cigarrillo. Amaba su carne seca y cada uno de sus huesos respingones. Amaba sus caricias tras hacer el amor, los hoyuelos de su risa, su pelo despeinado, su manera de sentarse... Sin darse cuenta, aquel hombre despertaba en Alicia a otra mujer distinta: fuerte, ilusionada, llena de colores; una mujer humilde, generosa y práctica, en contraste a él: tan inepto para cualquier tarea cotidiana, tan perdido en ensoñaciones inútiles.

Alicia se dedicaba a los quehaceres de la casa, a alimentar a las alimañas del corral y a las gallinas. Juntos regaban pobremente y cultivaban un cacho de gastada tierra que apenas daba nada, salvo patatas, nabos y mandioca. La abonaban con excrementos de los saurios. Santiago se pasaba las mañanas en el desguace, martilleando sobre metal, desmontando baterías, uniendo cables… Con el aluminio del lateral de un coche, tres baterías, metros de cable, unas dinamos, una rueda de bicicleta, las instrucciones de un libro titulado *La vida autosuficiente* y mucho esfuerzo, construyó un pequeño y ruidoso molino que daba para iluminar unas pocas bombillas de doce voltios durante las noches. Santiago, mientras trabajaba, tarareaba canciones, o las silbaba. A falta de instrumentos, utilizaba su voz, y algunas tardes las pasaba tocando a modo de batería algunos cubos de metal de distintos tamaños. Echaba de menos su saxo, pero se conformaba con instrumentos de percusión más rústicos.

Así transcurrieron dos años enteros. Tal vez los más apacibles y amables en la vida de ambos. Alicia a veces meditaba acerca de su existencia; imaginaba que vivía dentro de una novela y deseaba que el autor la rematara escribiendo: "Y fueron felices y comieron perdices" o "Colorín colorado este cuento se ha acabado". Alicia temía que algún día regresaran Martina, los fantasmas de la soledad, los ataques de epilepsia que no había vuelto a experimentar, el atroz delirio. Tenía pánico a la realidad de su pasado, a las semanas lentas como lagartos que había vivido tras la muerte de su padre y el encarcelamiento de Alberto. No quería ser consciente nunca más del vértigo indescifrable de estar viva en medio de la infinita nada.

18.

–Cuídate del viento, muchacha. Las tormentas de arena pueden embarazar a las hembras. Cuídate del viento –le aconsejó don Genaro a Alicia con su acento gitano que se comía sílabas de las palabras. Después, él y los suyos se perdieron carretera arriba hacia Jabalí Nuevo. Se fueron desdibujando en el denso huracán de arena. Habían pasado de largo.

Los gitanos se habían detenido en el motel un par de horas antes. Se habían abastecido de agua y le habían comprado unas gallinas a Alicia.

–También venimos a recoger a tu padre –confesó don Genaro.

Esas fueron las palabras que resucitaron en Alicia viejas partes olvidadas de Martina, y pudo contemplar el espectro de su madre muerta, que lucía unas trenzas perfectas del color de una hoguera y le sonreía como una ventana abierta desde uno de los carromatos. También descubrió a Raimundo, algo más hombre que cuando fueron amantes. Alicia temblaba, desconcertada por la visita.

Los gitanos tardaron poco más de quince minutos en atrapar al fantasma de Edgardo que, en aquellos dos años, Alicia no había podido ni querido ver. Edgardo chillaba como un cerdo, llamaba a Alicia *hija de perra*, pero los cíngaros lograron reducirlo y lo ataron con cuerdas gruesas de cáñamo a uno de los carros.

–Va a costarnos que acepte lo que ha sucedido –comentó don Genaro con su marcado acento gitano mientras Edgardo aullaba–. Es un viejo tozudo, pero al final lo entenderá todo. Ya verás que sí. Con algunos es difícil al principio. La muerte es extraña, demasiado extraña, hija mía. Muchos no saben siquiera que ya no están entre los vivos. Es lo mejor para él. Y para ti. Hay que llevárselo de esta casa. Luego será muy tarde...

Santiago no escuchó aquellas palabras del patriarca calé, ni supo que habían estado por allí los gitanos, pues había salido de caza horas antes de que llegaran. Se había adentrado en el cañón a poner una gallina enferma de cebo y así intentar sorprender a algún animalucho hambriento al que abatir con la escopeta. Alicia, desde que despertó, tenía la certeza de que Santiago iba a regresar con las manos vacías aquel día, pues acababa de llegarle la menstruación, y cuando aquello ocurría, Santiago no cazaba. Alicia procuraba, durante los días que sufría el periodo, no tocar los aperos de labranza ni dar de comer a los animales porque, si lo hacía, estos enfermaban y la cosecha se echaba a perder. Ni siquiera cocinaba, pues la comida se agriaba y estropeaba, ni podía acercarse a los perros porque se excitaban y trataban de morderla y montarla entre ladridos.

Santiago llegó sin ninguna presa poco después de que los gitanos continuaran su camino y encontró a Alicia con los ojos llorosos, temblando en el porche. Comenzaban las tormentas de arena y entró con Alicia en el motel. Ni se fijó en las huellas de las carretas de los cíngaros. Aseguró las ventanas y puertas, como ella le había enseñado el otoño anterior, y volvió para abrazarla.

–Tranquila, mudita, es solo el periodo. Te pone muy sensible, Alicia. No, cariño, no, shhh… ven aquí… tranquila –decía con voz tenue Santiago.

Cuando Alicia se calmó, Santiago perdió su mirada en un ángulo oscuro de la tarde y dijo, como para sí:

–A veces, Alicia, compañera –a ella aquella palabra le hacía tiritar de alegría–, me siento muy solo en esta casa. Creo que acabaré por volverme loco si no escucho hablar a alguien. Ojalá pudieras decirme algo. Cualquier cosa.

Alicia quiso entonces hablar, comunicarle tantas cosas, pero sus cuerdas vocales habían olvidado las notas de su voz. Abrazó a Santiago. Después se amaron contra el piso de madera mientras el huracán de afuera sacudía las paredes del motel.

Las tormentas duraron aquel año catorce interminables días con sus noches.

19.

Una tarde cualquiera, un automóvil rojo cruzó como un rayo el asfalto, medio cubierto todavía de arena. Santiago corrió hasta la carretera, comenzó a gritar y a agitar con furia los brazos. Pero no sirvió de nada. La polvareda que el coche levantaba se perdió en el horizonte.

–Mañana voy a ir hasta el pueblo más cercano, Alicia. Ojalá pudieras decirme a cuantos kilómetros está de aquí –comentó a la hora de cenar.

Al amanecer, Santiago se encaminó hacia el norte con cuidado de no perder el rastro de la carretera.

Llegó a Jabalí Nuevo al cabo de dos horas y media. Las casas tenían mal aspecto tras el temporal: ventanas rotas, puertas abiertas y desportilladas, aleros caídos, tejas sueltas... Las calles estaban vacías. No se veía rastro de los trajines humanos. Al otro lado del pueblo, alzándose por encima de los edificios y las casas, pudo adivinar distintas atracciones de la antigua feria: una gran noria desastrada que parecía a punto de caerse, una montaña rusa a tramos derrumbada, distintas estructuras tan maltrechas que no podía discernirse a qué pertenecían con exactitud... Atravesó las calles cubiertas por la arena de las últimas tormentas. Los coches estaban abandonados en las aceras, estropeados por el paso de las estaciones, algunos árboles estaban arrancados y otros secos. Ninguna casa parecía habitada desde hacía tiempo.

Al fin llegó a la plaza del pueblo. Estaba vacía y cubierta

también de arena del desierto. Algunos varanos tomaban el sol a sus anchas. Santiago se dirigió a un local cuyo cartel indicaba que había sido una cantina. Él no podía saberlo, pero allí había trabajado Ramón, el primer amante de Alicia, cuando aún la llamaban Martina. Empujó la puerta y al entrar le golpeó de súbito un hedor insoportable, oprimiéndole los pulmones.

Cuando sus ojos se acostumbraron a la sombra del interior, contempló con estupor a una docena de hombres muertos. Apenas eran huesos y pellejos sin carne, cuerpos momificados entre ropas raídas. Recorrió la cantina hasta detrás de la barra. Pasó por encima del esqueleto del camarero. Le golpeó el cráneo pelado con la punta de su bota derecha. Suspiró y después agarró una botella de güisqui sin empezar. La abrió, limpió el cuello con su camiseta y largó un trago largo para sobreponerse a la escena y templarse el ánimo. Se fijó en la caja registradora. La abrió. Estaba llena de monedas y billetes. No había sido un atraco. Nadie había tocado nada.

Barrió el local con la mirada. Descubrió un pequeño escenario al fondo de la cantina. En él había un piano cubierto de polvo y otros instrumentos olvidados. Fue hasta allí. Se acercó una silla polvorienta y en la penumbra se sentó al piano. Estaba algo desafinado. A pesar de ello, trató de hacerlo sonar. Hacía casi tres años que no tocaba otro instrumento que la batería rudimentaria que había construido en el motel con diferentes cacerolas y cubos de metal. La música tartamudeó entre sus dedos, que tanteaban dubitativos distintas escalas y tiempos. Comenzó a improvisar una melodía triste y desafinada.

Al cabo de pocos minutos se cansó de pulsar aquel piano descordado. Miró a su alrededor. Se topó con el estuche enmohecido de una trompeta. Sacó el instrumento de la funda. Lo acercó a sus labios. Tomó aire. Sopló una sola nota. Volvió a soplarla, pero esta vez la alargó. Hizo algunas escalas. Salió con la trompeta de aquel antro de aire putrefacto, viciado de muerte. Se sentó sobre el suelo de la plaza, sepultado en gran parte por las últimas tormentas de arena, y comenzó a ensayar distintos ritmos y estilos. Se decidió al fin por una melodía desolada que parecía un réquiem de los cíngaros del este. Le brotaba sin esfuerzo entre los dedos. La tocó, improvisando, durante horas, como poseído.

A veces la música se aceleraba y parecía ascender y hacerse ligera, hasta convertirse casi en algo alegre y festivo, pero enseguida volvía a espesarse en el aire, regresaba a sus profundidades y dolía como un cuchillo envenenado y curvo. Se tornaba pesada; algo sólido y amorfo que ni una grúa portuaria podría levantar. Se hacía áspera y compleja, difícil de escuchar.

Santiago sentía que sus emociones se iban materializando entre sus dedos con cada tecla que pulsaba. Una puerta a otras realidades se había abierto con la música. Dos universos distintos se comunicaban a través de él y el instrumento. Fantasmas afuera cada vez que vaciaba de oxígeno sus pulmones. La música estaba vertiendo en el mundo algo que antes no había en él. Santiago estaba interpretando otra realidad distinta al ejecutar aquella pieza interminable. Pensó que la vida era eso: tocar música en un pueblo desierto. Las notas, por sí solas, eran apenas huesos vacíos e inertes, un ejercicio vulgar de virtuosismo. Hacía falta algo más para crear magia que conmoviera. Había que regar los sonidos, sus huesos, con sangre caliente. Para que naciera la ilusión del arte, era necesario degollar perros, verter su sangre sobre las notas. Le pareció que llevaba horas degollando animales en aquella plaza. Percibió magia en aquella melodía que llevaba toda la tarde improvisando. Se emocionó como el primer hombre al contemplar la luna, como la primera mujer tras curarse de su primera enfermedad.

Mientras tanto, había oscurecido sobre el pueblo y la plaza. Santiago había perdido la noción del transcurso del tiempo. Al fin, separó la trompeta de sus labios secos. Casi le dolió aquel gesto. Volvió a entrar en la cantina. Recogió el estuche enmohecido. Guardó el instrumento dentro. Encendió una vela sobre una de las mesas. Se dirigió a la cocina, abrió el gas de los hornillos y salió corriendo.

Huyó de la cantina, dejando atrás aquella villa fantasma. Corría como un niño perdido, abrazado al estuche de la trompeta. Escuchó la explosión a su espalda, sintió el fuego devorando el local. Santiago corría, sin darse tregua, hacia el motel. El incendio, como una lengua hambrienta, fue lamiendo tejados de diferentes casas. Se extendía desde la plaza hacia el resto del pueblo.

Cuando llegó al motel, Alicia le esperaba bajo el porche de la cafetería. Había despejado a paladas la arena amontonada. Santiago la abrazó. En el horizonte, hacia el norte, se adivinaba el fulgor de Jabalí Nuevo tomado por el fuego.

–Alicia –le dijo, y tardó un rato en proseguir. Se hallaba sin aliento–... en el pueblo no hay nadie. La próxima semana iré hasta la ciudad. Algo muy extraño ha tenido que ocurrir. Tendremos que preparar algunas cosas: son casi cuatrocientos kilómetros.

Durante el resto de la semana, Santiago hizo pruebas de tiro en el desguace con botellas y latas. Y también en el secadero de iguanas, disparando contra los espantapájaros. Alicia le observaba desde los ventanales de la cafetería y sentía unas terribles ganas de llorar, pero no lo hacía.

Algunas tardes, Santiago tocaba la trompeta para Alicia y, el día anterior a la fecha en que tenía previsto partir, se acercó de nuevo al pueblo. La mitad de Jabalí Nuevo había desaparecido con el incendio que él mismo había provocado sin ningún sentido, tomado por la rabia y el desconcierto. Entre las ruinas que aún quedaban en pie, estuvo buscando un auto que pudiera arrancar. Al fin encontró uno con las llaves puestas en un garaje, y se alegró de su suerte. Luego se dirigió a las cocheras municipales y puso en marcha la única de las máquinas quitatierras que todavía funcionaba. Con ella despejó la carretera hasta el motel, pero el trasto se quedó sin nafta a cien metros de la verja de entrada. Pensó con fastidio que tendría que caminar a pie hasta Jabalí Nuevo a por el coche al día siguiente. Se dijo a sí mismo que no debía olvidarse de llenar el tanque con el combustible de otros autos, para que no sucediera como con la quitatierra.

A la noche, Alicia le ayudó a preparar una mochila con comida suficiente para trece jornadas y agua para varios días. Luego se acostaron.

Aquella madrugada, Alicia tuvo un sueño inquietante. Soñó que Santiago caminaba por avenidas interminables, entre montañas de casas derruidas, abandonadas, medio en pie, tambaleantes, bajo un sol implacable. Vio a Santiago adentrarse en la urbe, cientos de miles de cuerpos de hombres y mujeres en putrefacción. Percibió aquel hedor insoportable. Soñó que Santiago enfermaba y que moría hinchado, con pústulas virulentas en las ingles y las axilas, sumergido en arcadas, pronunciando el nombre de ella para salvarse de la soledad.

Alicia despertó bruscamente de la pesadilla. Estaba vociferando. Empezó a hablar atropelladamente. A gritos. Sintió que cada fonema, cada sílaba y palabra, iba rompiendo viejos arcones, oxidadas cerraduras, en su interior. Las frases ascendían y brotaban como grumos de cristales por su garganta desacostumbrada a emitir sonidos. Le dolían en el paladar y latían en su cráneo y su lengua como si fueran de otro, porque ya se había habituado al silencio. Santiago despertó y se emocionó al escucharla gritando incoherencias. Tenía una voz aterciopelada y dulce. Santiago amó aquella voz. Abrazó a Alicia, hizo que se calmara. Después se amaron mientras Alicia le susurraba palabras como pájaros al oído.

Tras aquel acontecimiento sorpresivo, se retrasó la partida de Santiago unas semanas más. Tenían mucho que contarse después de dos años de silencio compartido. Alicia tenía la certeza de que, cuando él se fuera, no volverían a verse. Y se lo dijo. Pero él no quería escuchar. Solo repetía las mismas preguntas:

–¿Cómo te llamas, cuál es tu verdadero nombre, por qué estabas aquí sola cuando yo llegué, quiénes están enterrados bajo esas cruces…?

Alicia siempre respondía lo mismo:

–Pareces de la guardia caminera, tantas preguntas… Yo he estado siempre sola, esperándote: el pasado no existe. Y además ¿qué carajo importa cómo me llame? Para ti seré siempre Alicia, o tu mudita. Cada vez que un hombre y una mujer se conocen, debería ser así: tendrían cada uno que elegir el nombre del otro y olvidar la experiencia y los años pasados. Empezar de cero, sin ningún miedo. Todo iría mejor.

Santiago se reía al escucharla y entonces ella le hablaba de todas las cosas que durante dos años había callado. Cada vez que empleaba por primera vez una palabra, una explosión de vida le tomaba las entrañas. Así llegó el día en que Santiago partió hacia el norte y dejó a Alicia frente a la verja con los ojos marítimos del amor que se pierde. Antes de marchar, Santiago interpretó a la trompeta una tonada alegre y nostálgica a un tiempo, una melodía frágil, delicada, una nana que las viejas gitanas cantaban a sus hijos, la misma canción de cuna que Magdalena les tarareaba a Alberto y a ella cuando los llevaba en su vientre. Se despidieron con un largo abrazo.

–Vuelve pronto –dijo Alicia cuando Santiago ya había

desaparecido carretera arriba y no podía escucharle–. Llevo tres semanas de retraso. Creo que vamos a ser padres.

20.

Años más tarde, Alicia todavía recordaría nítidamente la tarde en que Santiago se perdió carretera arriba. Esa misma noche nubes marrones fueron tomando posiciones en el horizonte. Recordaba que se había sentado en el porche a esperar que la tormenta descargara. La tercera tormenta que iba a presenciar en su vida. Llovió barro de manera torrencial durante seis semanas. Sus ojos se mantuvieron secos. La atmósfera ya lloraba por ella. Había recuperado las palabras y perdido al único hombre que amó con limpidez y ternura, así que empezó a hablarle al niño que llevaba en sus entrañas, recién llegado al universo, mezcla de ella y Santiago, ajeno todavía al torbellino y la náusea, a la risa y la paz. Era la única manera que encontró de no olvidar el lenguaje ni abandonarse a sí misma.

Alicia recordaba la espera. Un día. Otro día. Y otro y otro y otro. Las noches se dilataban de manera imposible, una hora se convertía en un siglo, los minutos parecían correr hacia atrás, los nubarrones se quedaban inmóviles en lo alto del cielo y no avanzaban ni un centímetro en la cúpula celeste, el aguacero se derramaba sobre la comarca como una densa cortina donde el presente era eterno y ominoso. El motel de carretera se convertía en un castillo de tinieblas por donde Alicia, Martina, ya no podía saberlo con certeza, deambulaba como ciega y poseída, a la luz de una vela, suspirando, dejándose caer en las escaleras, presa de ataques de pánico. Apenas probaba bocado, dormía poco y mal, tenía vómitos y vértigo, y sufría eventuales ataques de epilepsia, los primeros en años. Se sentía como una ternera abandonada a su suerte en un palacio desierto, tomado por las hierbas del olvido y la nada. Aquellas puñaladas duraron cuarenta inacabables días. Después, la tormenta fue arrastrada por el viento y ella sintió que algo se limpiaba con la atmósfera.

Alicia salió fuera de la casa. Corrió descalza por el patio encharcado. Gritaba como un animal desenjaulado y al fin se abrazó a los perros y gimió sin lágrimas, desconsolada, contra el pelambre mojado de uno de ellos. Había perdido la esperanza de que Santiago regresara. Tenía diecisiete años y estaba embarazada y sola en medio del desierto. Escribió con un dedo el nombre de Martina en el barro. Luego se apartó la ropa interior y orinó sobre las letras de su antiguo nombre. Hasta desborrarlas.

Alicia en medio de la nada. Alicia perdida en el desierto. Alicia en un motel abandonado frente al secadero de iguanas. La soledad era un sol despiadado que quemaba la arena y ella sentada en una mesa cualquiera de la cafetería, sin fuerzas siquiera para llorar. Tenía la certeza de que algo horrible había sucedido más allá del desierto. Pero no sabía qué.

Bajo soles desnutridos

segundo cuaderno

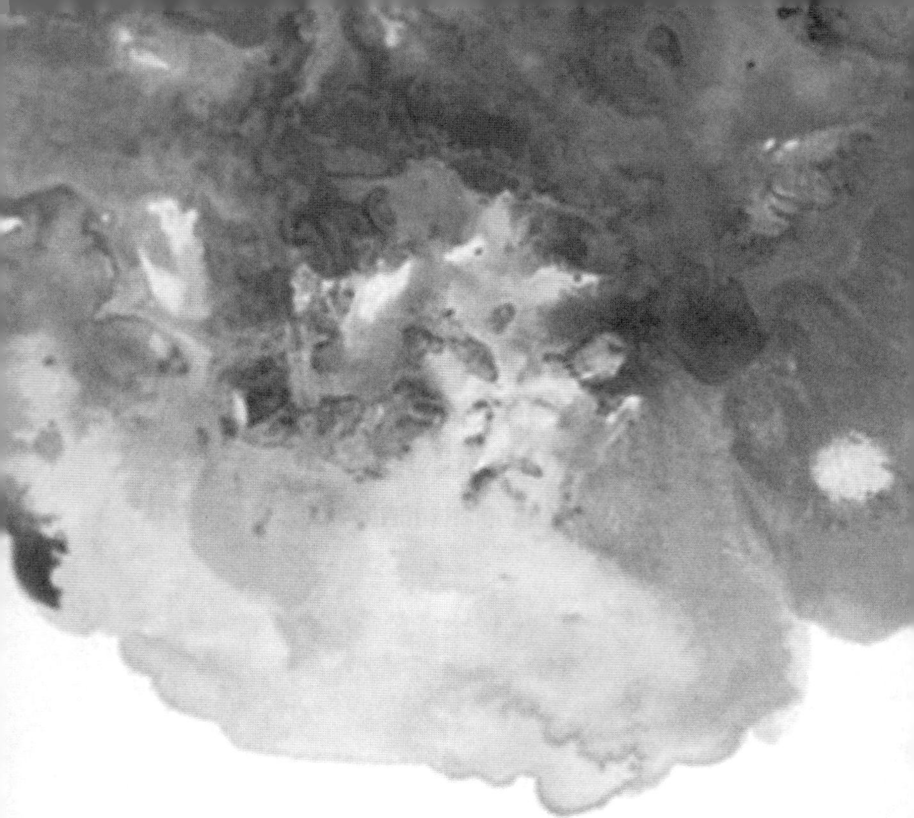

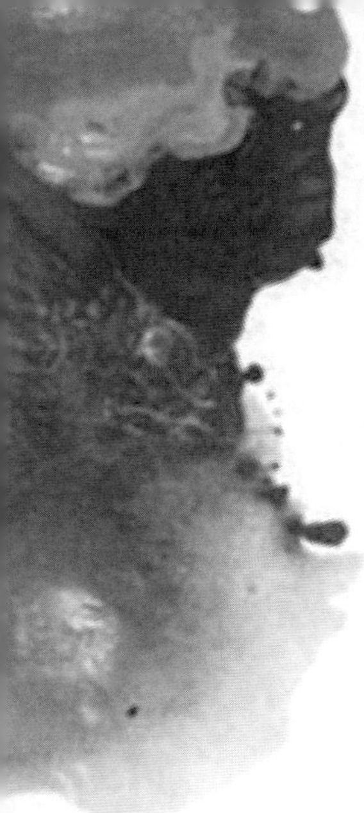

Lucas y la higuera capítulo cinco

21.

Una tarde calurosa del estío estaban Alicia y Lucas, su hijo, a la sombra de la higuera, junto a la verja de la carretera. El niño apenas tenía cinco años.

–Sabes, Lucas –dijo su madre–, a la sombra de esta higuera naciste tú. Lo recuerdo como si fuese ayer mismo. Te parí bajo este árbol. Por eso, cada vez que cumples años, cuelgo botellas pintadas de colores de sus ramas. Para que no olvides que la vida es una fiesta y un milagro. Para celebrarlo.

–Pero, mamá –la interrumpió el niño–, cuando lleguen las tormentas de arena... las romperán todas.

Alicia se rió.

–Sí –reconoció–. Así pasó con la primera. Pero ahora tenemos más cuidado, Lucas. Cuando llegan los vendavales, las descuelgo. Hasta que pasan de largo.

Tras hablar, Alicia se dejó llevar por los recuerdos y rememoró minuciosamente la tarde en que Lucas había nacido. Era un verano sofocante. Las cigarras cantaban. Los lagartos que guardaba en el cercado jadeaban como perros, tratando así de evaporar la saliva de sus bocas y de bajar su temperatura corporal. En el interior del motel no se podía estar y Alicia pasaba las tardes bajo la higuera, embarazada de nueve meses de un hombre al que aguardó ansiosa durante gran parte de ellos, hasta que acabó por perder la esperanza de volver a verlo.

La mañana en que comenzaron las contracciones, Alicia

lo dispuso todo bajo la higuera: una sábana de lino extendida, unos cubos con agua del pozo, trapos, un cuchillo de carnicero y unos cuantos cojines. Rompió aguas a mediodía y tardó aún hora y media en dar a luz. De vez en cuando se retorcía bajo el dolor de su vientre hinchado. Alicia estaba totalmente desnuda y aun así sudaba de la cabeza a los pies.

Cuando Lucas se decidió a salir, Alicia se colocó en cuclillas sobre la sábana extendida y los cojines y comenzó a empujar como había visto hacer a las perras preñadas. Alicia gritaba y gruñía, ajena a todo lo que no fuera empujar al bebé fuera de su cuerpo. Se agarró al tronco de la higuera y ya de rodillas y cansada, mareada de dolor, sintió a su sexo abrirse como una flor mojada y el tacto de su hijo al deslizarse de ella a los cojines. Alicia gritó una última vez con el último esfuerzo. Las piernas le temblaban y apenas podían responderle. Se dio la vuelta con torpeza y levantó al bebé, que era una cosa gelatinosa y fea, y lo escuchó llorar a los pocos segundos. Era un niño. Lo apoyó contra su pecho. Luego agarró sin fuerzas el cuchillo y arrancó el cordón umbilical con su hoja. Empujó una vez más y sintió la sangre caliente y la placenta resbalar de sus entrañas. Se ayudó con las manos para sacarla. Respiraba hondamente todavía. Casi se reía.

Alicia recordó vívidamente el parto, cómo se limpió a ella y a Lucas con agua de los cubos que había preparado y cómo la criatura tanteaba sus pechos hasta dar con el pezón y comenzar a mamar una leche caliente y densa. Alicia recordó que en el momento en que fue madre un placer voluptuoso le había tomado todo el cuerpo, un orgasmo tierno y convulso que la tuvo tremolando varios minutos. Recordaba que sentía una alegría infinita y que su cuerpo ya no le pesaba como antes, aunque se hallaba tan agotada que hasta caer la noche no se vio con fuerzas para entrar con el niño en la casa. Alicia recordaba que aquella noche cenó su propia placenta, que cocinó a la plancha, para reponer fuerzas.

–Mamá.

–¿Sí? –preguntó Alicia, emergiendo de sus recuerdos.

–Me gusta haber nacido bajo esta higuera.

Lucas se abrazó a su madre y, a partir de entonces, cada noche, antes de acostarse, salía al porche a contemplar la silueta de la higuera bajo la luz oxidada de la luna. Observaba las cinco botellas de colores colgando de las ramas y se sentía feliz, como cuando iba con su madre al cañón del río Iguana y se bañaban en los charcos helados del arroyuelo, o como cuando se acercaban a Jabalí Nuevo a buscar libros que Alicia le leía para matar el tiempo, latas de conservas aún no caducadas, semillas u otras mercancías que pudieran llegar a necesitar.

[illegible]

[illegible] que [illegible] Mamá.

— Si [illegible] Allie, [illegible]

— No [illegible] saber [illegible] este [illegible]

[illegible] cada [illegible] de la [illegible] de [illegible] y se [illegible] con su madre [illegible] pero [illegible] libros [illegible] de [illegible] para [illegible] de [illegible] cualquier cosa que pudiera llegar a necesitar.

22.

Al sur del motel estaba Burgo de Cuerva y al norte, a unos pocos kilómetros, Jabalí Nuevo. Al oeste se extendían los roquedales del cañón del río Iguana y al este el desierto pedregoso que, salpicado de unas pocas chumberas, pitas y arbustos resecados, se perdía hasta donde alcanzaba la vista.

Alicia pensó que pocas cosas habían cambiado en aquel lugar desde su niñez. Las alambradas de metal que rodeaban el terreno estaban más oxidadas, como la barrera de entrada, donde aún colgaba el cartel de madera donde una vez había escrito "Cerrado por defunción", aunque ahora costara leer las letras. El letrero de neón que anunciaba el motel hacía mucho que había sido arrancado por las tormentas de arena; era un amasijo de hierro junto a la carretera donde tomaban el sol las lagartijas. Faltaban algunas de las cubiertas de ruedas de camiones que delimitaban el camino hasta la posada. Las tablas de las paredes del motel estaban viejas y con la pintura levantada. Ahora había dos cruces junto al desguace en vez de una. La higuera estaba adornada con botellas de colores. Esas eran las únicas diferencias. Y el silencio. Alicia pensó que desde el aire, la posada parecería abandonada y mostraría un aspecto descuidado; tan solo las cuerdas donde tendían la ropa y las sábanas denotarían vida en aquel duro paraje en el que Lucas había vivido siempre.

–¿Qué hay al final de la carretera, mamá? –preguntó entonces el niño, sacándola de su ensimismamiento.

–No lo sé, hijo. No lo sé.

23.

Una mañana cualquiera, cuando Lucas tenía ya nueve años y nueve botellas de colores colgaban de su higuera, apareció un animal frente al motel. Encontró a la bestia alimentándose de los cuerpos podridos del secadero de iguanas. Estaba muy flaca y las caderas se le marcaban huesudas bajo la piel. Lucas estaba asombrado y un tanto asustado, pues nunca en su vida había contemplado un animal tan grande como aquel. Cuando la criatura le descubrió, se puso a gritar con tanta fuerza que Lucas se sobresaltó y corrió llevado por el diablo a despertar a su madre, que aún dormía en el motel. Alicia no lograba entender la nerviosa descripción que su hijo trataba de hacerle de aquella fiera salvaje, pero por si acaso agarró un fusil, lo cargó y se dirigió hacia la carretera.

–Quédate aquí, Lucas –le ordenó mientras se marchaba.

Al ver al cuadrúpedo, Alicia bajó el arma y no pudo dejar de reír durante minutos.

–Lucas –gritó–. Ven aquí, mocoso, que quiero presentarte al señor Burro.

Aquel animal les facilitó mucho la vida en el motel. El nivel del agua había bajado en el pozo y aprovecharon el burro para que tirase de los cubos. Tras las tormentas de arena, le colgaban un rastrillo rudimentario que habían construido con chatarra y despejaban de tierra la parcela. También les sirvió para que sus incursiones al pueblo fuesen ahora casi diarias y en ellas pudieran traer mucha más carga. El burro tiraba de una vieja carreta con ellos encima hasta Jabalí Nuevo y luego regresaba cargado hasta arriba de trastos y con ellos a pie caminando a su costado. A veces se aprovisionaban de grano para las gallinas y pienso para el propio animal en un silo abandonado. Otras veces traían conservas que iban recogiendo de las distintas casas y colmados, o ropa, o montones de deshechos y basuras que los varanos devoraban sin contemplaciones y sin caer enfermos.

Una vez al mes se dirigían por la carretera hasta Burgo de Cuerva, el pueblo más grande de la comarca, en la carreta tirada lentamente por Carmela, que así bautizaron al burro, que resultó ser hembra. Tardaban más de ocho horas en llegar a su destino y solían pasar la noche en el antiguo ayuntamiento del pueblo. Se trataba de una villa desierta donde miles de esqueletos ya sin carne podían observarse por todos lados. En Burgo de Cuerva se dedicaban a visitar la biblioteca y diversas librerías de donde rescataban centenares de libros: la mayoría de ficción, pues Alicia era una verdadera devoradora de novelas y había contagiado a su hijo la misma afición; algunos de mecánica, con los que Alicia soñaba poder algún día arreglar el viejo utilitario del desguace; otros de agricultura y, los menos, de geografía o de viajes u otros temas que en un momento dado llegaran a interesarle a ella o al niño.

En aquel motel del secadero vivieron nueve años una higuera con sus nueve progresivas botellas de colores, un puñado de gallinas, unos pocos lagartos, tres perros ladradores y Alicia y Lucas. Nueve años difíciles en que Alicia no volvió a ver ni a los gitanos ni a los fantasmas de sus padres; nueve duros años en que no probó hombre ninguno; nueve años en que lo único que mantenía alejada a la antigua Martina de la actual Alicia era Lucas, que crecía sano y fuerte y parecía feliz en aquel pedregal desierto en medio de la nada.

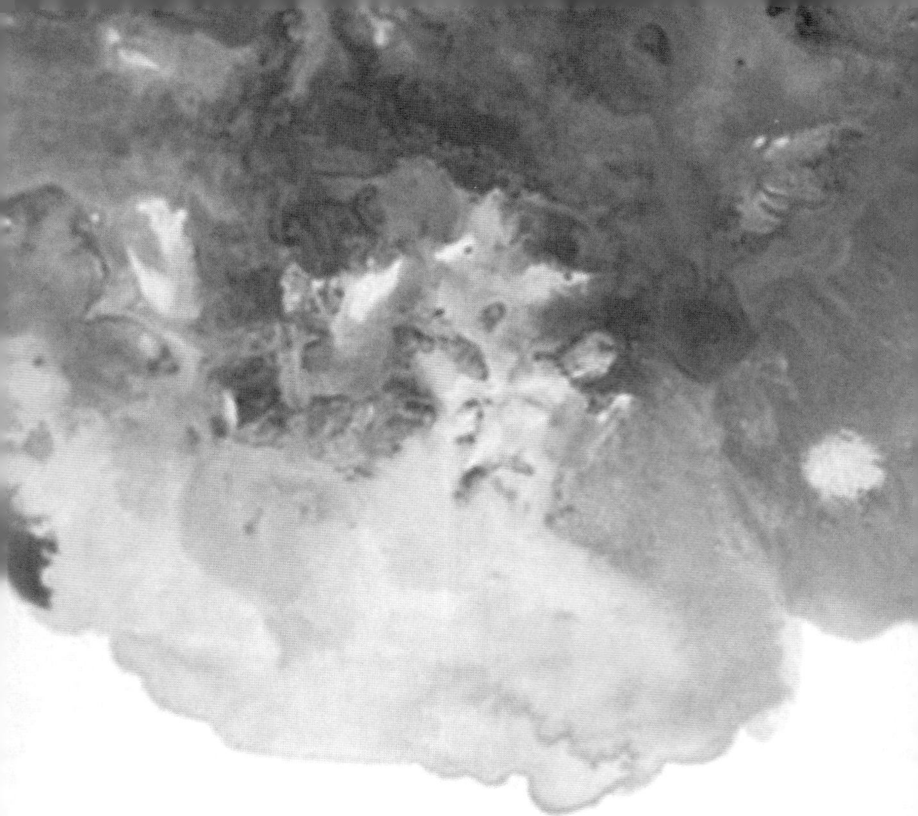

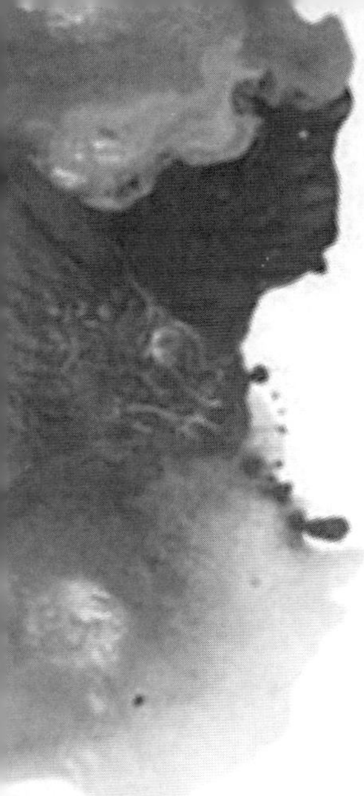

El impostor capítulo seis

24.

Era una noche de principios de primavera en que el viento soplaba con fuerza. Los perros ladraban, las botellas que colgaban de la higuera se golpeteaban entre sí, creando una música inquietante, y Alicia se revolvía en su cama sin lograr dormirse. Cuando lo consiguió, tuvo una fea pesadilla y se levantó mojada como una potra que ha cruzado un río. Soñó que una docena de camioneros llegaba al motel y que uno tras otro la montaban sobre una mesa de la cafetería. Lo último que recordaba era que la ataban a la higuera y que contemplaba impotente cómo ardía el motel en la noche, con su hijo dentro. Se levantó preocupada y con la extraña impresión de que alguien la había estado espiando. Fue hasta el dormitorio de Lucas. Comprobó que el niño dormía con placidez. Se acurrucó a su lado con cuidado de no despertarlo y durmió abrazándolo hasta bien entrada la mañana.

Al día siguiente, Alicia descubrió que habían desaparecido de la colada tendida algunas de sus bragas, pero no le prestó demasiada atención. Pensó que la ventolera de la noche las habría hecho volar. Ya conseguiría más ropa interior en las casas abandonadas del pueblo. Lo que sí le extrañó fue que la verja de la entrada estuviera abierta de par en par. Creía haberla atrancado con el pasador antes de acostarse. Volvió a acordarse de lo ocurrido unos días más tarde, cuando desaparecieron algunos fiambres secos de la cafetería. Alicia trató otra vez de restarle importancia, para no preocupar a su hijo, pero por las noches comenzó a cerrar con llave las puertas y a atrancar todas las ventanas de la planta baja.

Al final, en una tarde calurosa, cuando regresaban de acopiarse de pienso en Jabalí Nuevo, Alicia encontró la explicación a aquellas misteriosas desapariciones: un hombre estaba dormitando bajo la higuera. Llevaba el torso desnudo, al igual que los pies. Unos tejanos agujereados y sucios de años eran sus únicos ropajes. Tenía el cabello largo y enredado. Una espesa barba desaliñada le cubría la cara. La primera reacción de Alicia fue correr hasta el motel para agarrar un arma, pero de pronto sintió que Martina revivía en su interior y le decía que esperase, que en nueve largos años era el primer hombre que veía, y además era fuerte y guapo y estaba casi desnudo ante sus ojos de hembra. Aquel desconocido debía de tener unos cuarenta años muy bien llevados, quizá menos.

El extraño abrió los ojos de repente y se incorporó de golpe, sobresaltado al haberse quedado traspuesto y haber sido descubierto por la mujer y el crío. Tenía unos ojos verdes y felinos que atravesaron el cerebro de Alicia como un puñal.

–Ramón –gritó Alicia–, Ramón, estás vivo.

Alicia sabía que no era Ramón, jamás había conocido a aquel tipo, pero así le salió de la boca. El extraño no respondió, no sabía a qué venía ese juego, pero decidió seguirle la corriente a la muchacha, a la que llevaba vigilando desde hacía días y a la que deseaba con hambre de dieciséis años sin tocar mujer. Se abrazaron con fuerza durante muchos minutos mientras Lucas los observaba a unos pocos metros, receloso.

Alicia sintió los brazos musculosos y morenos del hombre rodeándola. Aquellas manos que imaginaba acariciando su cuerpo. Sintió su rostro contra el suyo: aquellos labios grandes y húmedos. Notó el torso fibrado y desnudo contra ella. Aspiró profundo el olor a hombre y dejó que Martina se apoderara débilmente de su ser. Mojó su ropa interior solo con ese abrazo largo y minucioso.

–Bienvenido a casa, Ramón, creía que estabas muerto –le dijo.

Alicia y el extraño continuaron con la ficción. Al hombre no le costó demasiado. Lo único que deseaba era comerse a besos a aquella muchacha y revolcarse entre su cuerpo toda la noche que pronto llegaría, en cuanto el crío se durmiera. Si había que fabular un rato, fabularía; no tenía prisa, llevaba demasiados años aguardando.

–Cuando se extendió la epidemia...

–¿La epidemia? –preguntó Alicia.

–Mierda... No me digas que... Joder... ¿No os habéis enterado de nada? Los síntomas se parecían a la rabia... o la peste negra... qué sé yo...

Alicia y Lucas no contestaron. El extraño guardó silencio un rato. Suspiró. Se pasó una mano por la cabellera, de la frente al cogote.

–No queda nadie. Sois las dos primeras personas que veo con vida desde hace diez u once años. Ya he perdido la cuenta.

Los tres volvieron a quedarse callados.

–Hacía tiempo que había abandonado la esperanza de encontrar a alguien más –dijo al fin el hombre–. Pensaba que por alguna maldita razón solo quedaba yo en todo el país... Me dirigía al mar. Nunca lo he visto. No quería morirme sin bañarme en él... ¿Y el padre de la criatura? Llevo días vigilándoos y no lo he visto.

–Se fue antes de que Lucas naciera –contestó Alicia.

–Entonces está muerto. Como todos.

Lucas miró al hombre con cara de odio tras esas palabras.

–¿Por qué nos espiabas? –preguntó Alicia.

–No me fiaba. Son muchos años de andar solo. Quería estar seguro de que no estabais infectados.

–De dónde vienes –soltó Lucas.

–No importa. De muy lejos. Una ciudad del norte.

–Pero si conoces a mi madre has de ser de por aquí...

–Trabajaba en la cantina de Jabalí Nuevo –salió en ayuda del hombre Alicia.

Nunca antes había mentido a su hijo, y no lograba entender por qué ahora lo hacía. Era Martina, que la llamaba desde el pasado; Martina, que se dejaba arrastrar, como siempre, por el deseo.

–Sí, trabajaba en el pueblo, pero hace años marché al norte a probar suerte –siguió con la mentira el falso Ramón.

–No puedes haber hecho el camino a pie, ¿dónde está tu coche? –siguió interrogando Lucas, que desconfiaba del hombre.

–Os descubrí hace días en Burgo de Cuerva. Escuché a vuestro burro. Dejé el coche allí y os seguí hasta aquí a pie. Tenía que asegurarme de que no estabais enfermos.

Tras aquel juego de medias verdades y mentiras, Alicia preparó la cena y Ramón se aseó, se afeitó y se vistió con ropa de Edgardo, que le quedaba un poco corta.

–Luego, si te parece, te rapo esa pelambrera –dijo Alicia–. Casi no se te ve la cara.

Cenaron y recogieron los platos. Alicia volvió a insistir en cortarle el pelo y Ramón acabó accediendo a ello. Solo pensaba en que el niño se acostara para que pudiera revolcarse con aquella preciosa veinteañera.

Alicia hizo sentar a Ramón en una silla bajo la bombilla de doce voltios de la cafetería y preparó unas tijeras, una palangana con agua y unas maquinillas de afeitar.

–Ahora vuelvo, Ramón –dijo ella–. Voy a acostar a Lucas. Vete quitando la camisa para no llenarla de pelos.

Cuando regresó, un silencio espeso se hizo entre ambos. Ramón la devoraba con sus ojos verdes. Alicia fue cortándole el cabello con las tijeras y, cuando ya estaba bastante corto, pasó a rasurarlo con las hojas de afeitar. El suelo se cubrió de charcos de melena negra y Alicia descubrió unos números tatuados en la nuca del hombre. Por un momento se asustó, eran los números que se tatuaban a los presos en las cárceles estatales, pero no dijo nada, pues Martina había despertado en ella y todo su cuerpo estaba cargado de electricidad y deseo. Fue el falso Ramón quien comentó algo al respecto:

–Lo has visto. Mejor así. Todo claro desde el principio: estuve preso por conducir borracho y atropellar a dos personas. Homicidio involuntario. No tengas miedo.

Alicia quiso tragarse aquella explicación y no hizo más

preguntas. Llevaba un vestido ligero y tan corto que, al moverse, Ramón podía adivinar las líneas apetecibles de sus nalgas. Se colocó ante Ramón al terminar de rasurarlo y este la atrajo hasta sentarla sobre él. Cara a cara. Sintió el sexo mojado de la mujer al otro lado de la ropa interior, sus muslos de porcelana contra su cintura, sus pechos turgentes y más bien pequeños contra su torso desnudo. La sintió temblar y la desvistió a mordiscos para luego tirarla en el suelo. Alicia respiraba fuerte, como un animal necesitado. El olor dulzón y perezoso que emanaba de ella casi mareó al hombre.

–La tienes muy grande –gimió Alicia mientras acariciaba su sexo–. Me muero por tenerla dentro.

Aquel hombre no había conocido mujer en dieciséis años, y Alicia no había montado hombre en casi una década. Lo hicieron con tanta brusquedad y desenfreno que Alicia sangró y aquel desconocido orinó con dolor al día siguiente. Se tomaron el uno al otro como las fieras se aparean en época de celo. Lo hicieron cuatro o cinco veces antes de dejarse caer por las largas escaleras del país de los sueños.

25.

Pasaron las jornadas y, mientras Lucas leía en la cafetería o se dedicaba a jugar solo a cualquier cosa, Alicia y Ramón se entregaban a verdaderas maratones de apasionado sexo. Hasta que se cansaron y rebajaron el ritmo a un par de veces cada semana. Fue entonces cuando Alicia se interesó por el coche en el que el impostor había llegado a la comarca. Decidieron ir a buscarlo a Burgo de Cuerva. Costó arrancarlo porque era un cacharro viejo y llevaba semanas parado, pero al fin lo lograron. El nuevo Ramón era un excelente mecánico. Regresaron a la venta con algunas garrafas repletas de carburante y Ramón decidió cargar con ellas el depósito de la vieja máquina quitatierra que dormía abandonada a cien metros de la posada. Tuvo que trabajar tres días en ella para lograr rescatar el motor, pero le daba igual el esfuerzo porque sabía que sería bueno para el auto despejar la tierra de la carretera. La arena se había ido acumulando con las tormentas durante demasiados años. Era necesario abrir de nuevo el camino, para evitar pinchazos y averías innecesarias.

–Cada año habrá que pasar esta máquina por la ruta –aseguró Ramón– o con el tiempo acabará sepultada completamente y será impracticable. Cuando llegué del norte, encallé con el coche un par de veces y tuve que sacarlo con tablones. Hay que ser previsores.

El automóvil de Ramón hizo más cómoda la vida en el motel, y más entretenida. Comenzaron a hacer excursiones a Burgo de Cuerva con mayor frecuencia, y también se llegaron en alguna ocasión a unos hermosos pantanos del norte donde Lucas nadó por primera vez en su vida. El pequeño era feliz con aquellas huidas de la rutina, con aquel Ramón rudo pero ingenioso que le había prometido enseñarle a manejar el coche en cuanto llegara a los pedales. Pero aquellas escapadas eran menos frecuentes de lo que le hubiera gustado a Lucas, pues estaban condicionadas por el combustible. En la comarca había muy pocas estaciones de servicio y tampoco era fácil extraer el fuel con el par de bombas manuales que Ramón había construido. A veces tenían que recorrer casi doscientos kilómetros para encontrar un surtidor que funcionase o no estuviera seco.

Ramón había tratado de convencerles de ir a vivir a algún otro lugar menos inhóspito, pero Alicia se negaba.

–Estoy esperando a mi hermano mellizo, algo me dice que no ha muerto –mentía Alicia–. Si sigue vivo, volverá. Además, aquí enterré a mis padres.

Pero la verdadera razón de quedarse era el miedo irracional que tenía a los cambios, el miedo a volver a ser Martina, la acosada, la maldita, la que estaba condenada a sus bajos instintos, y aquella higuera con nueve botellas de colores colgando de sus ramas le servía como amuleto, le recordaba a Santiago y a Lucas, los dos hombres que la ayudaban a ser Alicia, a no sucumbir a la locura de aquella niña irrefrenable que una vez fue. Cada botella que colgaba en aquel árbol no era tan solo la celebración del nacimiento de Lucas, sino la conmemoración de la muerte de Martina, a quien no quería resucitar. Al final, lo único que Ramón consiguió fue convencerla para viajar hasta el mar el próximo verano y pasar allí unas cuantas semanas.

–Habrá playas de arena tan extensas como este jodido desierto –dijo–. Ya veréis. Después no querremos marcharnos.

26.

Llegó el verano y el momento de abandonar el secadero para dirigirse al mar, tal y como habían planeado meses antes. Alicia era reticente porque sabía que la cosecha, exceptuando las patatas y la mandioca, se echaría a perder con unas semanas de ausencia en que nadie regase el huerto. Discutió con Ramón, pero Lucas estaba tan ilusionado con el viaje que terminó cediendo, a regañadientes. Dejaron pienso de sobra para Carmela, la burra, y comida y agua suficientes para los perros, las gallinas y los lagartos del criadero.

Partieron a media mañana, cuando el sol ya quemaba el aire de julio. El asfalto parecía una sartén. Ramón manejaba muy rápido por la estrecha y recta carretera hacia el sur. Las ventanillas bajadas. Lucas hablaba sin parar, en contraste a la quietud y el silencio del desierto. Pasaron Burgo de Cuerva, otros dos pueblos, y luego la nada durante ciento cincuenta kilómetros más, hasta que aparecieron los primeros rastrojos y árboles en una sierra de montañas no demasiado altas. Ni Lucas ni Alicia habían contemplado jamás algo parecido. Pararon a hacer noche en una vieja ermita que hallaron en su ruta.

Tres jornadas emplearon en llegar a la costa. En algunos momentos del viaje tuvieron que abandonar la carretera para sortear algún grupo de coches o camiones abandonados en pleno asfalto. Fueron repostando en algunas gasolineras muertas, por si acaso, aunque llevaban dos bidones de cincuenta litros cargados de nafta como reserva ante posibles eventualidades. Desde una suave colina observaron por primera vez el mar. Ramón detuvo el coche unos minutos y pudieron contemplar la planicie verde azulada que cubría todo el horizonte. Les quedaban apenas cinco o seis kilómetros de trayecto.

–Qué bonito –gritó Lucas.

–Da un poco de miedo –comentó Alicia antes de abrazar y besar a Ramón.

Al llegar a la playa, corrieron hasta la orilla. Se quitaron la ropa y se mojaron hasta la cintura. Lucas se zambulló en el agua y al salir exclamó:

–Parece caldo, está salada y tibia.

Ramón se rió.

Era una playa interminable de dunas blancas. No podía observarse desde aquel rincón ni una sola construcción humana, aunque a pocos kilómetros al este había un pequeño pueblo de pescadores, abandonado desde la epidemia. Allí es donde se abastecían de comida y del agua de un viejo aljibe. Fueron unas semanas felices y radiantes, un paréntesis en la crudeza de sus vidas.

Alargaron sus vacaciones hasta mediados de agosto, pero al final llegó el día en que debían regresar si no querían encontrar sin vida a todos los animales que dejaron en el motel; además, las tormentas de arena no iban a tardar mucho en presentarse y no querían dar con ellas en la carretera. Podía ser muy peligroso. Lucas estaba triste: hubiera pasado el resto de sus años junto al mar y su voz incansable.

Tuvieron que prometerle que al año siguiente regresarían a la costa.

–Te quiero –le dijo Ramón a Alicia la noche antes de la partida.

Alicia no respondió. No podía olvidar el tatuaje carcelario de su nuca.

27.

Al llegar al motel descubrieron una ranchera roja aparcada junto a la higuera. A Alicia se le desbocó el corazón, igual que a Lucas, pero a Ramón aquello no le hizo ninguna gracia. Había alguien más con vida en aquella comarca. Con un solo hombre bastaba en la venta. Luego pensó que el dueño de aquella furgoneta podía ser una mujer, o toda una familia. De todas maneras, la situación le incomodaba. No quería a nadie interponiéndose entre ellos.

–Vámonos –ordenó Ramón el falso–. Volvamos a la playa. Esta furgoneta solo nos traerá problemas. Demos media vuelta antes de que nos vean.

Alicia se negó y abrió la portezuela del auto.

–¿Hay alguien ahí? –gritó, pero nadie contestó.

Alicia avanzó por el sendero rodeado de ruedas de caucho hacia el patio del motel. Carmela la saludó con un rebuzno. Los perros, que andaban sueltos, saltaban a su alrededor y movían las colas frenéticamente. Entró en la cafetería y echó un vistazo por todo el caserón.

–No hay nadie –les dijo al salir a Lucas y Ramón.

–Qué extraño –comentó el impostor–. Será mejor largarse. El dueño de la furgoneta nos habrá visto llegar y andará escondido. A lo mejor nos está ahora mismo vigilando. Puede ser un forajido o un...

–No digas tonterías –le interrumpió Alicia.

–¡Sal si tienes cojones, hijo de puta! –chilló Ramón.

Ramón agarró con una mano a Alicia y con la otra a Lucas y los arrastró hacia la salida.

–Venga, larguémonos de aquí –dijo.

Les hacía daño en las muñecas. Lucas se quejó. Alicia trató de deshacerse de la presa pero Ramón la apretaba más fuerte.

–Déjame –le ordenó, pero Ramón la empujaba hacia delante.

Alicia le escupió en la cara y volvió a repetir que la soltara. Lucas lloraba. Ramón los zarandeó hasta su coche y metió de malas maneras al crío dentro. Alicia se escapó pero Ramón la alcanzó enseguida y de un bofetón la tiró al suelo.

–Eres un hijo de puta. No me toques –gruñó Alicia.

Ramón entonces dejó de ser Ramón. Se quitó la careta del personaje que había interpretado desde su llegada. Comenzó a darle golpes y patadas a la muchacha.

–¡Maricón! –le gritaba Alicia.

El sol ardía despiadado en el cielo de verano. Los insultos y chillidos de la mujer resonaban en el silencio del desierto y acallaban a las chicharras. Una higuera con nueve botellas de colores colgando de sus ramas contemplaba impasible la escena.

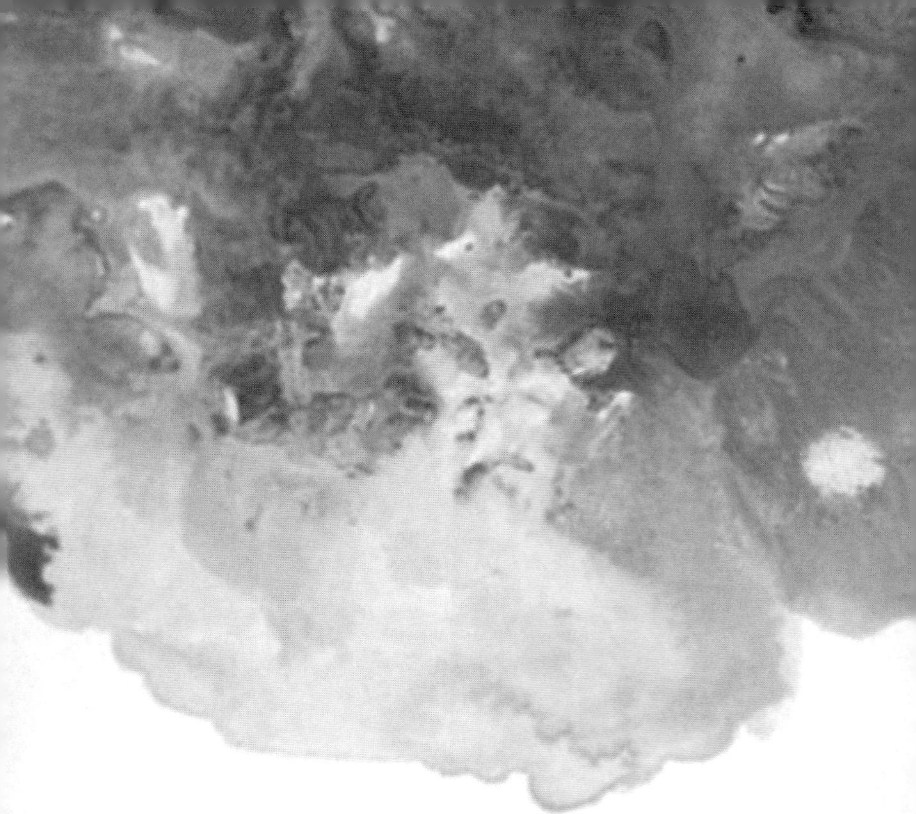

El extranjero capítulo siete

28.

El falso Ramón golpeaba a Alicia entre la furgoneta roja y la higuera. Lucas chillaba como loco mientras trataba inútilmente de separarlo de su madre, pero Ramón lo lanzó por los aires. Alicia sangraba, sin embargo, no lloraba ni suplicaba perdón. Seguía insultando a Ramón con la misma energía desde hacía minutos.

–¡Déjala ya! –ordenó de repente un desconocido desde la verja. Tenía un marcado acento extranjero. Se trataba de un hombre de cincuenta y muchos, tal vez sesenta. Su piel estaba requemada por el sol. Sus manos eran grandes como platos y sus hombros anchos y fuertes. Sus ojos eran de un pálido azul lejano y su cabello cano era tupido. Lucía una barba blanca con mechones todavía negros. Iba vestido con unos pantalones cortos y una camisa arrugada a la que faltaban algunos botones. Cojeaba de la pierna izquierda, donde se advertía una antigua cicatriz que atravesaba el muslo de arriba abajo. Sostenía un fusil en sus brazos.

–Te he dicho que pares –volvió a repetir el extraño.

Ramón se giró, lo estudió brevemente y le dijo:

–Piérdete, viejo. Esta mujer es mía.

El desconocido no respondió. Alicia aprovechó para lanzarle una patada a Ramón y este reaccionó partiéndole el labio de un puñetazo. El extranjero apuntó con su fusil y disparó a escasos metros de los pies de Ramón.

–Te he dicho que ya está bien. Ninguna mujer tiene dueño. Si le vuelves a poner la mano encima te dejo el pecho lleno de plomo –remarcó el hombre con su acento extraño.

Ramón se apartó de ella a regañadientes. Lucas corrió a abrazar a su madre, que estaba reventada por los golpes.

–No sé qué hay entre vosotros, pero no voy a permitir que las únicas tres personas vivas que he visto en años se maten entre ellas –comentó el extranjero–. Esta noche la pasarás atado. Trae una cuerda, muchacho –ordenó a Lucas.

El muchacho obedeció y, sin dejar de apuntarle con el fusil, ataron a Ramón al tronco de la higuera. Luego el extranjero se acercó a Alicia, le examinó los cortes y las contusiones.

–¿Tenéis botiquín ahí adentro? –preguntó.

Alicia asintió y los tres entraron en la cafetería.

–Me llamo Jacob. Jacobo en vuestra lengua –dijo el hombre.

–Yo soy Alicia y este es mi hijo Lucas. Aquel es Ramón. Llegó hace meses por la carretera… Gracias.

–No hay de qué.

Jacobo limpió las heridas de la muchacha y le entablilló un brazo que parecía roto. Afuera, Ramón ladraba como un perro, amenazaba a Jacobo con matarlo. Durante horas se desgañitó hasta que no le quedaron fuerzas y se quedó dormido.

El primero en despertar al día siguiente fue Ramón. Le dolían los músculos y los huesos. Amanecía. Pensó en gritar otra vez, pero no le quedaban fuerzas ni ganas. El segundo en abrir los ojos en el motel fue el extranjero, que bajó al patio y se encaminó a la higuera.

–Bueno, Ramón, voy a desatarte –informó al impostor–.

No te preocupes por la mujer, no estoy yo ya para andar persiguiendo gallinas. Pero como vuelvas a ponerle la mano encima, no te dejaré un diente en tu boca bonita, ¿me oyes? No me importa que seáis pareja. ¿Has entendido bien todo lo que te he dicho?

Ramón asintió sin muchas ganas. Tras desatarlo, Jacobo preparó café y frió unos huevos que acababa de recoger del corral. Se unieron al desayuno Lucas y Alicia.

Cuando recogían la mesa, Alicia se acercó a Ramón y le dijo en voz baja:

–Bueno, jodido cabrón de mierda, por esta vez puedes quedarte en el motel, pero no dormirás conmigo. Y una cosa: el único tipo que me trató como tú ayer me trataste está plantado debajo de una de las cruces del patio. Lo maté de media docena de disparos. A mí nadie me dice lo que tengo que hacer. Si no fuera porque no hay más hombres en este desierto, y por Lucas, te habría abierto la tripa a balazos mientras estabas atado.

Ramón no respondió, simplemente mantuvo la mirada con desprecio.

29.

–¿Cómo te hiciste la cicatriz de la pierna? –preguntó Alicia.

Estaban tomando café en el porche. Lucas dormía en su cuarto y Ramón se había marchado a Burgo de Cuerva a por comestibles.

–No me acuerdo –respondió Jacobo, que no tenía ganas de hablar de sí mismo, mientras daba una larga calada a su cigarro.

Quedaron un rato envueltos por un silencio incómodo, contemplando la carretera y el secadero.

–¿No eres de por aquí, verdad? –volvió a insistir Alicia en un intento de entablar conversación.

–No. Pero mi madre sí lo era. Hacía años que no hablaba tu idioma... En realidad hacía años que no hablaba en ninguna lengua. No había con quién hacerlo.

–¿Tenías familia?

Jacobo la miró con una ligera sonrisa.

–Bueno. La tengo ahora.

Alicia también sonrió. Las últimas jornadas le habían acercado al viejo.

–¿Y antes? –insistió Alicia.

–Qué más da. De antes de la pandemia no queda nada.

–Jacobo… –se quejó la mujer.

El extranjero terminó su café. Apoyó la taza en el suelo, junto a sus pies.

–¿Qué quieres que te cuente, que fui escritor –preguntó

con voz áspera– pero que las frases también se infectaron, que murieron, como todos, como mi esposa, mis hijos, mis nietos…? ¿Que he estado a punto de quitarme la vida un par de veces durante estos años pero que no fui capaz porque soy un cobarde?

Alicia apartó la mirada, confundida por la franqueza hostil del extranjero.

–Ese es tu problema, muchacha, que en realidad no quieres conocer nada de nadie porque tienes miedo de que no te guste lo que encuentras. Como con ese Ramón, ¿qué carajo sabes de él?

–Que es un imbécil –respondió Alicia.

Los dos rieron ante su ocurrencia. Jacobo apagó su cigarrillo y echó la colilla en la taza. Cuando entraba en la cafetería a fregarla, Alicia le preguntó si de verdad había sido escritor, pero el hombre ya no le contestó.

30.

La mañana en que Lucas cumplió diez años, su madre preparó un pastel de mandioca y compota de arándanos. Decoró con pintura, junto a Lucas, una botella vacía, como cada aniversario del niño. Luego la colgaron de la higuera. Ramón y Jacobo pasaron la tarde entreteniendo al muchacho con sus anécdotas disparatadas.

Ramón contó, entre otras, la historia de un miliciano al que habían fusilado durante la Guerra Civil. Lo habían atrapado en un barranco durante el segundo aniversario del levantamiento militar. Los fascistas estaban tan mamados tras la celebración en el cuartel, que no acertaron a darle muerte. El muchacho quedó malherido e inconsciente entre cuatro o cinco rebeldes más, que no tuvieron tanta suerte. A la mañana siguiente despertó a bordo de una carreta llena de fiambres y se dejó caer en la cuneta de un camino sin que el carretero lo advirtiera. Cerca había un pueblo donde una muchacha lo ocultó en el sótano de su casa hasta el final de la guerra.

–Aquel tipo era el padre de mi padre. Y la muchacha, mi abuela –terminó Ramón.

Jacobo, por su parte, le contó al niño que se había criado en un circo donde su madre trabajaba de trapecista.

–Pero no quiero hablaros de ella, sino de Yago, el payaso borracho –dijo Jacobo–. Compartía un número muy divertido con un león desdentado que le lamía la cara como si fuera un gatito doméstico. Vivían en la misma rulot desde que el animal era un cachorro. A la bestia tuvieron que sacrificarla, ya muy vieja, porque llevaba semanas enferma. Fue una pena. Recuerdo que enterraron a la fiera como si fuera un cristiano y que a Yago la pintura de payaso se le descorría de la cara con las lágrimas. Desde entonces fue imposible verlo sin la compañía de una botella de aguardiente. No pudo volver a actuar.

–Te lo has inventado –protestó Lucas entre maravillado y enojado–. Es uno de tus cuentos. Mamá me dijo que eras escritor.

Jacobo se rió mientras le despeinaba el pelo.

Cuando cayó la noche, lo dispusieron todo junto a la higuera para celebrar el aniversario de Lucas. Cenaron copiosamente por una vez: pollo asado, carne de lagarto a la brasa, yuca hervida y de postre el pastel de compota. Vaciaron una botella de aguardiente de lagartija. Ramón sacó una armónica que había encontrado en el pueblo y se puso a tocar. Lucas se fue a dormir a medianoche, pero los otros tres continuaron divagando y bailando como chiquillos algunas horas más. Estaban tan borrachos que sus risas atravesaban la noche sin sonidos y se adentraban en el secadero de iguanas.

–Nosotros nos vamos a acostar –dijo Ramón, y Alicia, que iba algo bebida, no lo negó. Tal vez fue por la armónica, le recordó a Santiago y su trompeta.

Por primera vez desde que llegara el extranjero, meses atrás, iban a compartir sábanas. Aquella noche Alicia gimió como un animal borracho bajo el sexo de Ramón. Sintió a Martina desatarse en ella y arañó la espalda del hombre, mientras la penetraba, hasta hacerle cortes con las uñas.

Jacobo se había quedado solo, sentado en una silla bajo la higuera. Era una noche sin luna y las estrellas brillaban con inusitada barbarie en el cielo. Era un espectáculo tan hermoso que el hombre se estremeció. Escuchó a Alicia gritar de placer al llegar al orgasmo. Sonrió con tristeza. Se acordó del pasado: del circo en el que vivió hasta la adolescencia, de su mujer, que murió años antes de la epidemia en un accidente de tráfico... Desde entonces había sido incapaz de escribir una sola frase. Se había retirado a una granja para poder vivir sin sobresaltos, rodeado de campos de cultivo y animales.

Jacobo borró, con un golpe de puño sobre la mesa, sus recuerdos. Se incorporó de la silla y fue retirando los platos de la cena. Lo llevó todo a la pica de la cafetería. Estaba terminando de recoger cuando bajó Ramón en calzoncillos a por un vaso de agua.

–Todavía andas despierto –dijo Ramón, divertido–. Alicia se ha dormido y yo no tengo sueño. ¿Otra botella de aguardiente, viejo?

Jacobo no dijo que no y sacaron la botella y dos vasos al porche de la cafetería. Charlaron durante horas, cada vez más borrachos, hasta que Jacobo le espetó:

–He visto tu tatuaje. ¿Qué hiciste para que te encerraran?

Ramón soltó una carcajada.

–Eres un perro viejo, Jacobo. Me cayeron treinta años.

Atraco a mano armada y asesinato. Aquel puto guardia tuvo que hacerse el valiente. Le metí tres tiros. Pam, pam, pam. Se quedó seco al instante. En realidad tuve suerte, gracias a la celda de aislamiento, me libré de la epidemia.

–¿Cómo escapaste, Ramón?

–Es una larga historia, viejo. Un funcionario infectado se apiadó de mí. Y no me llamo Ramón, sino Marco –dijo el falso Ramón, que sonrió mientras le amenazaba–. Si le cuentas algo de todo esto a Lucas o a Alicia, te juro que te mato.

–Ten cuidado con lo que dices, *Marco*, o no volverás a abrir esa bonita boca. Yo no soy una mujer a la que se puede arrastrar por el suelo como hiciste con Alicia cuando nos encontramos. Nunca tuve manos cobardes, y no empezarán a temblarme ahora por un miserable como tú –respondió Jacobo mientras se levantaba. Luego se despidió de Ramón y subió a dormir la mona en su cama.

En la noche desértica sonaban los violines de algunos grillos.

Ramón tomó otro trago y eructó.

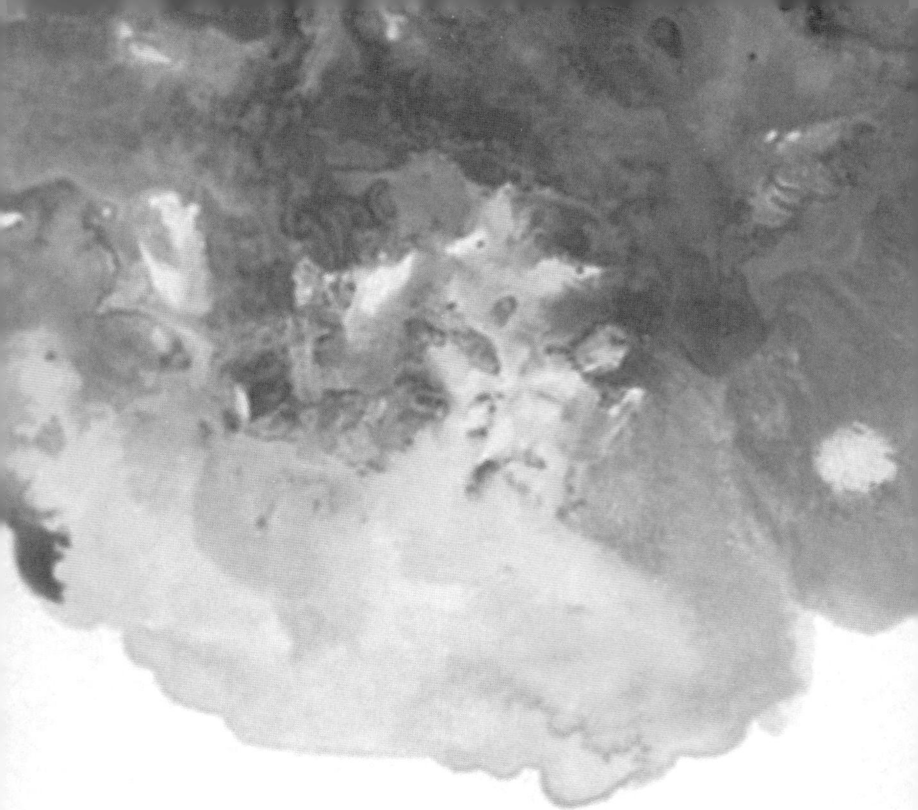

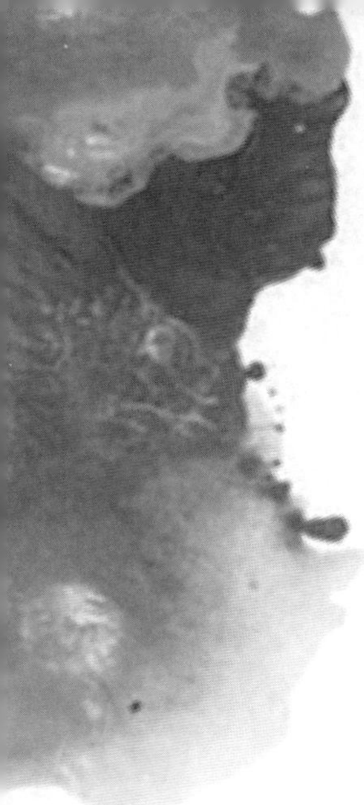

Carroña para lagartos

capítulo ocho

31.

Carmela llevaba semanas apagada. Se la veía más vieja y ya no tenía fuerzas ni para sacar agua del pozo. Casi ni rebuznaba. Murió de vieja una mañana de finales de otoño. Lucas, que ya tenía catorce años, lloró durante horas. Pensaron enterrarla, pero al final decidieron que era mejor dársela de comer a los lagartos que criaban, pues apenas conseguían ya reunir bocado para las bestias. Jacobo se llevó al muchacho a los pantanos del norte para que no contemplara la escena y se distrajera un poco de su dolor nuevo y punzante. Ramón y Alicia despedazaron la carne de Carmela y se la echaron de comer a los varanos. Estos enloquecieron con la carnaza fresca y devoraron a la burra en menos de dos horas sin dejar siquiera los huesos. Solo las pezuñas restaron sobre el suelo cuando los saurios terminaron su festín. Y algunos dientes amarillos.

Durante el camino de regreso desde los pantanos, Jacobo le contó a Lucas, para distraerle, la historia de las hermanas siamesas del circo. Se llamaban Amelia y Estela y tenían los rostros más delicados que las muñecas de porcelana fina. Hacían un número de contorsionismo y humor que deleitaba a los niños del público. Nunca tuvieron un amante porque, aunque eran terriblemente hermosas en su rareza y no les faltaban pretendientes, los muchachos que a una le gustaban a la otra le resultaban repulsivos o a veces simplemente sosos. Hasta que Estela murió. Al principio, Amelia se deprimió y dejó de actuar y hasta de comer. Se la veía por el circo arrastrando el tronco y la cabeza desarbolada de su hermana siamesa. Daba pena verla: sin apenas comer, abandonada al llanto. Los artistas del circo se reunieron y decidieron que había que hacer algo si no querían que Amelia siguiera la misma suerte que su hermana. Consultaron a algunos especialistas y acabaron obligando a Amelia a someterse a una operación. La separaron de su hermana tras dieciocho horas de quirófano. Pagaron los gastos con la recaudación íntegra de un mes de las funciones del circo. Al principio Amelia no lograba superar su depresión, pero al final el domador de fieras logró conquistar su corazón y sacarla de la apatía. Amelia acabó aceptando que sin aquella tragedia de Estela, ella nunca se habría juntado con el domador ni habría conocido el amor. Enterraron los restos de Estela y el tiempo ayudó a que Amelia volviera a sentirse viva.

Cuando el anciano terminó su relato, Lucas por fin amagó una sonrisa.

–Eres un jodido mentiroso, abuelo. Ya no soy un niño al que puedas engañar con tus patrañas del circo. Pero me gusta escucharte –dijo Lucas con cariño.

Jacobo se puso las gafas de sol porque comenzaba a atardecer y la luz le molestaba en los ojos. Tarareaba una canción extranjera mientras conducía. El olor seco del desierto penetraba a través de las ventanillas bajadas. A veces aplastaban con las ruedas delanteras pequeños lagartos que tomaban el sol sobre el asfalto.

–Siento lo de Carmela –dijo Jacobo al fin.

No volvieron a hablar en todo el camino.

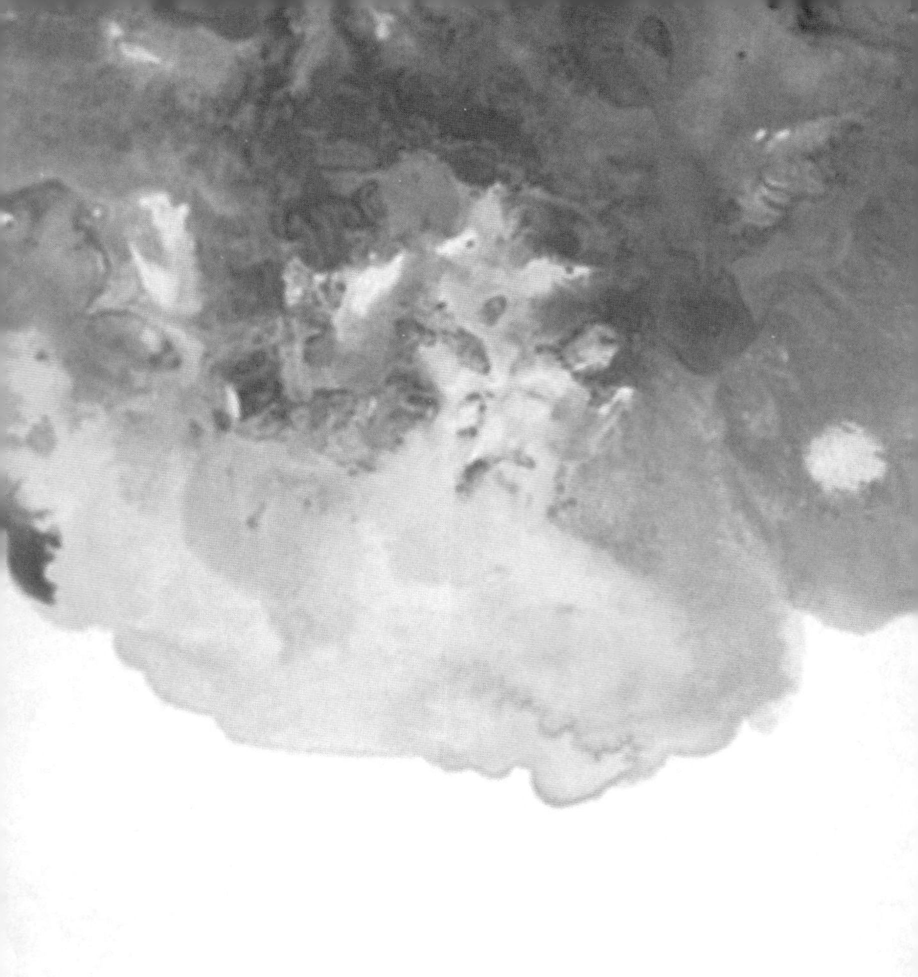

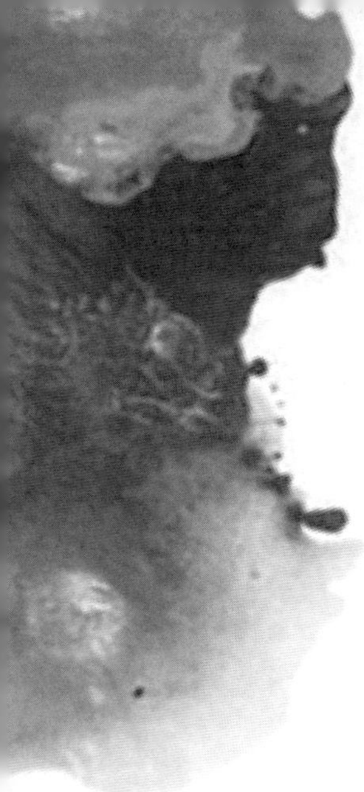

La falsa *djin* capítulo nueve

32.

Lucas llegó al motel ya de noche. Era primavera, pero al caer el sol todavía refrescaba. Había estado toda la tarde persiguiendo a algo o a alguien a través del cañón del río Iguana. Estaba agotado y sediento. Paró un instante frente a la verja y se giró a contemplar el secadero del otro lado de la carretera. El hedor a carne seca era aquella noche especialmente intenso. Sobre él titilaba todo el universo. Cruzó al interior del terreno y adivinó diecisiete botellas de colores colgando de la higuera. Uno de los dos perros que les quedaban se acercó a recibirle. Meneaba la cola y le lamía las manos entre bostezo y bostezo. El otro dormía en su caseta. Avanzó por el camino bordeado de ruedas de tractores y camiones hasta la cafetería. Afuera, Ramón y Jacobo estaban tomando aguardiente rebajado con agua. Alicia estaba adentro leyendo a la luz de una lámpara de queroseno para ahorrar baterías.

–Ya hemos cenado, Lucas, pero te hemos guardado algo. Tu madre está preocupada, entra a decirle algo –le ordenó Jacobo.

Lucas les miró con el ceño fruncido.

–Creo que esta tarde vi a una *djin* en el secadero.

Ramón no pudo contener una risa.

–Lees demasiados libros, muchacho –le respondió–, los *djins* son solo un cuento para asustar a los niños.

–Te digo que he visto a una de ellos.

–Tonterías, enano, demasiados libros –volvió a sonreírse Ramón.

–¿Le viste los ojos? –preguntó Jacobo de súbito a Lucas, con el rostro preocupado, ignorando el sarcasmo de Ramón.

–No –respondió el muchacho–. La seguí durante horas a través del pedregal y luego por los riscos del cañón. No conseguí alcanzarla y, cuando ya oscurecía, le perdí el rastro.

–Mejor así. Esperemos que no vuelva a acercarse –comentó con gesto serio el extranjero–. Y ahora entra a tranquilizar a tu madre.

Tras sus palabras, Jacobo se separó de Ramón y caminó cojeando en la penumbra hasta la carretera. La noche batía sus alas tibias sobre él y temblaba en racimos de estrellas. Un meteorito cruzó la atmósfera, incendiándose. Pareció una cerilla fugaz. Jacobo lloró bajo las constelaciones por primera vez en una década. Se sentía conmocionado.

–Una *djin*, maldita sea –repitió una y otra vez en su idioma extranjero.

Cuando logró apartar el terror y la tristeza de su interior, se secó las lágrimas y regresó a la cafetería. Ya se habían retirado todos a sus dormitorios. Fue hasta el armario de las armas del vestíbulo y agarró una escopeta. Después caminó hasta la furgoneta y cogió un cuaderno de tapas rojas. Con él se dirigió al porche y montó guardia el resto de la noche. Comenzó a escribir por primera vez en veinte años, a la luz de una lámpara de queroseno que colgó de una viga. No lo hizo en su idioma. Por primera vez escribía en la lengua de su madre, aquella trapecista mitad gitana que murió desnucada en la arena del circo de su infancia.

A la mañana siguiente, cuando Lucas bajó a desayunar, encontró a Jacobo en la mecedora del porche con la escopeta entre las manos y una botella de aguardiente vacía a sus pies. Dormía y su respiración era espesa. Lucas recogió la botella y con ello despertó al hombre, que empuñó asustado el arma.

–Perdona, no sabía quién eras –se disculpó Jacobo.

La frase sonó pastosa, el viejo se había emborrachado, como las prostitutas del libro que Lucas estaba esos días leyendo.

–Prepara café, muchacho –le pidió–. Y luego vuelve. Haz café y siéntate conmigo. Ha llegado la hora de hablar de hombre a hombre. Quiero que sepas lo que pasó hace ya dieciocho malditos años. Está todo en este miserable cuaderno rojo.

Todavía no había amanecido en el secadero. Algunas estrellas parpadeaban aún en el cielo. Jacobo volvió a encender la lámpara de queroseno.

33.

Lucas apareció con un litro de café y dos tazas. Jacobo le señaló el cuaderno que estaba entre sus pies sin decir palabra. Se encendió un cigarro, con la mirada perdida. El muchacho acercó otra mecedora y tomó la libreta entre sus manos. La abrió y comenzó a leer:

"La *djin* apareció una tarde cualquiera. La encontramos entre los maizales crecidos del final del verano. Yo por aquel entonces rondaba los cincuenta años; estaba viudo y había dejado de escribir. Me dedicaba al campo como cualquier otro labriego.

Recogíamos mazorcas en los campos comunes cuando la escuchamos gimotear. Era como una canción hipnótica. Estaba acurrucada en el suelo y temblando de terror ante nosotros. El estío le había quemado la piel, que era de un color casi barro, y cubría su desnudez con un manto granate hecho jirones. Estaba descalza y sucia de tierra. Cuando abrió sus ojos de arcilla roja, sin pupilas ni blanco, todo iris, alguien gritó y los otros nos acercamos con cautela.

Era la primera vez que nadie en aquella comarca contemplaba a un *djin*. Yo siempre había creído que eran una leyenda inventada para asustar a los niños. Se decía que aquellos seres eran anteriores al hombre y que atraían desgracias y pestes. Nada se sabía con certeza de ellos. Pura literatura. Lo único seguro es que hacía más de tres siglos que nadie afirmaba haberse cruzado a un *djin*.

–Matémosla –murmuró entonces alguien, pero me interpuse a los hombres.

–¡Quietos! Me la llevo a casa. Esta mujer no podría hacerle daño a nadie. Seguro que está muerta de hambre y de sed. Estáis locos, no ha hecho nada para que la juzguéis así.

Llegamos a mi granja ya de noche. La boca de la *djin* no había cesado de gimotear durante todo el camino aquella tonada triste y vieja, en contraste con sus ojos que, como toda su carne, eran jóvenes y ausentes y permanecían callados a nuestro mundo. No quiso entrar conmigo al caserón, sino que se zafó de mi mano y corrió hacia uno de los perros. Se abrazó a él y, mientras le acariciaba la pelambrera sucia, continuó murmurándole su monótona cantinela. Busqué una cadena y la até por un tobillo al tronco de un árbol. Luego me dirigí a casa, cerré la puerta y dejé a aquella extraña criatura afuera.

Durante días la *djin* no quiso más compañía que la de los perros, y comía con ellos de sus platos, y bebía con ellos de sus cubos de agua, y dormía a la intemperie como un animal más, arracimada con ellos para protegerse del frío del alba. Era como si temiese estar a cubierto, como si el cielo raso de una casa la ahogara. La *djin* necesitaba la luna y las estrellas sobre su cabeza para poder conciliar el sueño. O tal vez me temía tanto como yo pudiera temer las tormentas eléctricas que en otoño asolaban aquellas tierras de mi país.

Creo que fue a la segunda noche cuando le saqué unas mantas y le acerqué un plato con lo mismo que yo había cenado, pero no lo aceptó y a la mañana encontré a uno de los perros comiendo de él.

Comencé a sospechar que algo andaba mal a las pocas semanas, cuando me percaté de que habían desaparecido todos los insectos de la granja y los pájaros dejaron de despertarme a las mañanas con sus cantos. Mis presentimientos se confirmaron pronto: de un día para otro se secaron los frutales del patio y un par de perros enfermaron. No querían comer ni beber, los vientres se les hincharon, perdieron el pelo y acabaron retorcidos de dolor entre feos estertores de muerte. La *djin* lloró sobre ellos como si fueran su propia familia.

En menos de una luna, habían fallecido todos mis animales de la misma pandemia: desde las gallinas a los caballos y bueyes. Todas las verduras y hortalizas de mi huerta se echaron a perder y tuve que empezar a alimentarnos de la yuca vieja de años pasados, de las conservas de mermelada y de la carne seca del invierno anterior.

Una madrugada sin luna, transcurridas algunas semanas, desperté sobresaltado. Me había desvelado una extraña pesadilla: en mis sueños la *djin* entonaba aquella adusta canción suya una y otra vez, en una lengua parecida al aleteo de los pájaros. Entonces escuché voces allá afuera: cinco labriegos armados con palos acorralaban y azuzaban a la *djin*. Bajé las escaleras a saltos, agarré uno de los fusiles de caza que guardaba en el salón, un puñado de balas y salí al patio.

–Mátala, maldita sea. ¡Mátala, mátala! –gritaban los hombres, encolerizados, mientras la golpeaban.

Disparé tres veces al aire.

–La próxima bala se la clavaré entre las cejas a alguno de

vosotros –les advertí.

Los hombres se quedaron quietos. La *djin* gimoteaba a sus pies.

–Llevamos noches soñando con su canción… –dijo alguno.

–Nuestros niños se despiertan tarareándola. Nuestras mujeres gritan de terror a media madrugada por su culpa. Está maldita –explicó otro.

–Déjanos hacer. No te metas en esto –ordenó un tercero.

Apunté a los pies de aquellos hombres y disparé. Rocé en el muslo al más robusto del grupo.

–He dicho que nadie va a tocarla. Largaos de mis tierras. Quien vuelva a meter sus narices en esta granja se quedará sin pasos para volver a casa: le llenaré las tripas de plomo. ¿Está claro?

Los hombres se miraron unos a otros. Me estudiaron. Sopesaron mis intenciones. Y al fin bajaron los brazos, se volvieron de espaldas a mí y se alejaron despacio, a regañadientes.

–¡Estás ciego! –me gritó uno de ellos– ¡Mátala antes de que sea tarde! ¡Esto no es una de tus novelas!

Cuando se perdieron por el camino, me acerqué a la *djin* y le quité la cadena del tobillo izquierdo. Le habían arrancado su raída capa y en cueros esplendía como un ángel apaleado y trémulo. Su cuerpo pagano y joven olía a frutas ácidas y estaba cubierto de hematomas. Era un ser tan hermoso, desvalido y distante que me estremecí. Recogí la capa del suelo y la arropé con ella. La *djin* me contempló durante un rato con sus enormes ojos color tierra, me rozó la mejilla con sus dedos delgados y dijo algo en su idioma, imposible de pronunciar para nosotros. Yo acaricié con ternura su lacia cabellera roja, la abracé por encima de los hombros y la conduje hacia casa. Esta vez ella se dejó hacer y entró sin oponer resistencia.

–Vamos a curarte esos golpes y la brecha de tu ceja. No tengas miedo –le susurré, aunque era consciente de que ella no podía entenderme.

La *djin* durmió en mi cama y yo en el sofá del piso de abajo, con una escopeta cargada y apoyada en la alfombra.

Antes de una semana, los cinco hombres que habían acudido a mi granja a por la *djin* estaban muertos. Enfermaron los cinco. Padecieron fiebres altas y llagas purulentas les tomaron los cuerpos. Perdieron el cabello y los dientes en unos pocos días. La lengua se les puso azul casi violeta hasta que expiraron entre dolores imposibles.

Muchos de sus familiares se contagiaron de aquella peste y sufrieron el mismo destino. Los maizales de los campos comunes se echaron a perder, las bestias domésticas se vieron diezmadas por aquella misteriosa y terrible enfermedad, las huertas de mis vecinos se agostaron, no se observaron más aves sobrevolando la comarca... Yo no quería darme cuenta. Negaba cualquier relación entre la *djin* y aquello. Me había enamorado hasta los huesos de aquel desprotegido ser extraterrestre. Estaba ciego, imbécil de amor.

Entonces llegaron las tormentas y el otoño. Se presentaron de pronto. Sin previo aviso. Una mañana. Clavé con prisas maderos a las persianas y a las puertas para que soportaran las embestidas del viento. Fijé con gruesas tablas la portezuela trasera desde adentro de la cocina. Levanté tapiales de un metro en las puertas para evitar posibles inundaciones. El vendaval y el diluvio duraron cerca de cuatro semanas. Las ráfagas de viento y lluvia azotaban la casa y la hacían temblar. Los relámpagos caían por miles sobre la región y sus voces atronaban en la oscuridad constantemente. Pronto los torrentes y ríos se desbordaron y el agua cubrió los caminos y los pastos y rodeó la casa hasta cubrirla medio metro. La segunda noche nos quedamos sin suministro eléctrico y a la semana comprobé que la línea telefónica también se había cortado. Cada año era igual y luego los campesinos teníamos que drenar las tierras, levantar los postes caídos del tendido eléctrico y reparar los desperfectos en nuestras granjas. Para mí, aquellas semanas de inundaciones, incomunicados del resto del planeta, fueron las más felices de mi vida.

La *djin* ya no me rehuía y comíamos en la misma mesa. A veces me decía alguna frase incomprensible o me rozaba con su mano o se quedaba largo rato estudiando mis ojos y las facciones de mi cara. A la tercera noche me despertó al tumbarse junto a mí. Se metió bajo las mantas en el sofá donde yo dormía. Estaba helada. Era como un animal que buscaba mi calor. La abracé contra mí y volví a conciliar el sueño.

Cuando desperté, ella aún dormía. Sentí su carne tibia contra la mía, aspiré el perfume afrutado de su nuca. La acaricié despacio, rincón tras rincón, vértebras abajo, mientras el vendaval oscurecía el mundo afuera y el deseo iba embriagándome. Desde hacía tres años, cuando enterré a mi esposa, no había mirado siquiera a una sola mujer. Ella abrió de pronto sus ojos extraterrenales y comenzó a respirar agitada. Frotaba su espalda contra mí como si estuviéramos en celo. La desvestí de su capa y ella me tomó con aspereza. Me arañó la espalda y me mordió como una perra muerde a un perro cuando trata de montarla. Me hizo sangre con sus dientes en el hombro. Como un animal salvaje saltó sobre mí y jugó conmigo hasta saciarse. Al terminar, quedamos rendidos y tirados en silencio durante minutos. Luego la escuché reír por primera vez. Y acabé contagiado por su risa. Tal vez era la única vez en que la *djin* y yo fuimos una misma cosa. Quizás fueron los únicos instantes en que nada nos diferenciaba a los ojos de un lagarto o de un perro. Sería sobrecogedora aquella escena; imagínate: dos mamíferos riendo en aquel sofá, dos cuerpos que tiemblan en pequeñas convulsiones mientras emiten ese sonido alegre que parece alumbrar desde sus bocas toda la habitación.

A partir de entonces dormimos juntos en la cama del piso superior y nos amamos desde dos universos diferentes que apenas se tocaban sino por breves instantes.

Fueron dos semanas magníficas, hasta que enfermé. La herida que la *djin* me había infligido de un mordisco la primera vez que nos acostamos juntos, no cerraba. Era una herida pequeña y superficial, pero se tornó fea y purulenta. Hedía a carne podrida. Pronto me aparecieron manchas y llagas por todo el cuerpo y me subió la temperatura hasta casi delirar. Recuerdo que temblaba de fiebre y que me dolían los huesos por dentro como si fueran de cristal y el más pequeño movimiento pudiera quebrarlos. A las tres semanas ya no podía incorporarme de la cama. Estaba muy cerca de esa perra loca que llamamos muerte. En mis delirios no dejaba de escuchar la canción que la *djin* tarareaba la tarde en que la encontramos hecha un ovillo entre los maizales. Me estaba volviendo loco. Me moría.

Cuando la época de las tormentas pasó, quedó la tierra hecha un barrizal peligroso y regresaron a por la hembra de *djin* los hombres de las granjas vecinas. Eran apenas diez. Los únicos supervivientes a la pandemia que la *djin* había desatado en la comarca. Se acercaron armados de escopetas, rifles y machetes. Yo ya estaba muy enfermo y apenas podía moverme. Al tragar saliva parecía que bebía cristales machacados. La fiebre no me dejaba ni respirar sin que el dolor me clavara sus agujas.

–Venimos a por ella –dijeron al echar abajo la puerta y subir a las habitaciones– ¿Dónde la escondes?

No me quedaban ni siquiera fuerzas para responder. Traté de incorporarme de la cama y uno de los granjeros me tiró al suelo de un machetazo en la pierna. La sangre brotaba con fuerza y podía verme el hueso partido en dos.

–Es un cadáver. Olvídalo –comentó uno de ellos.

Otro dijo:

–Vamos a la buhardilla. La bruja ha de estar allí arriba. Es lo único que queda por registrar.

La *djin* les sorprendió de pronto en la escalera que daba al desván. Se hallaba totalmente desnuda y sostenía una de mis escopetas de repetición en las manos. La oí tararear su funesta tonada y los hombres quedaron paralizados de horror ante tanta belleza. La *djin* descerrajó dos cartuchos sobre el hombre más cercano, casi a quemarropa, y lo lanzó de espaldas contra el suelo. Los otros campesinos huyeron despavoridos. Para nunca volver.

Durante largas jornadas, la *djin* se ocupó de mí. Cortó la hemorragia y me entablilló la pierna. Me acariciaba el cabello con ternura, me colocaba compresas de agua fría en la frente para mitigar mi fiebre. Pero yo no mejoraba. A veces la escuchaba llorar mientras me abrazaba, y, al fin, una noche cualquiera, la *djin* se dio por vencida; decidió que no quería vivir sin mí. Se colgó con una soga gruesa de una rama del olmo seco del patio. Y allá se quedó la *djin*, con su cuerpo tostado y delicioso balanceándose en el viento. Con sus ojos gigantes y granates abiertos para siempre. Con su cuello roto. Allí permaneció durante días, custodiando la nada, observándola de cerca, palpándola con sus manos delicadas y ausentes, de cadáver, defendiéndola del ser. Porque la nada habita tras las grandes y también las pequeñas cosas, tras cada objeto y brizna de hierba; escondida, asustada, avergonzada de amar lo que sí es, lo que existe al otro lado de ella. Yo me fui recuperando, lenta y milagrosamente, de aquella enfermedad virulenta y de la herida de machete. Cuando me sentí con suficientes fuerzas salí al patio, descolgué a la mujer del árbol, cavé sobre la tierra lo que quedaba de tarde y enterré bajo la mortecina luz del sol poniente a la última *djin* del planeta Tierra.

Lloré bajo la Vía Láctea el resto de la noche a la única mujer que de verdad amé en mi vida.

No sabía su nombre.

Ni siquiera éramos de la misma especie".

Tras la lectura de aquel manuscrito, Lucas dejó caer el cuaderno y permaneció en silencio. Jacobo tampoco habló. Miraba el suelo, ausente y golpeado por el pasado.

–Abuelo... –murmuró al fin el muchacho.

Jacobo mostraba unos ojos vidriosos y vacíos. Lucas le puso una mano sobre el hombro al viejo y lo apretó con cariño. El dolor contenido de Jacobo, borracho de aguardiente, brotaba al fin desde su cuerpo y empapaba a Lucas.

–El amor es ciego como una lagartija a la que arrancas los ojos –sentenció el extranjero.

Lágrimas ácidas y definidas se deslizaron por su rostro hierático. Era la primera vez que Lucas le veía llorar.

–Vamos, abuelo, te ayudo a acostarte. Necesitas descansar –dijo Lucas mientras apagaba la lámpara de queroseno colgada de la viga.

El amanecer tiñó el desierto de sombras alargadas, de colores irreales. Parecía un sueño.

34.

La falsa *djin* apareció en el motel una tarde cualquiera. Iba en cueros y una larga melena azabache le caía hasta las caderas. No debía de tener más de veinte años. Era delgada, frágil y hermosa como una orquídea. Lucas estaba sacando agua del pozo cuando aquel fantasma de carne se le apareció. Era la primera mujer que veía en toda su vida aparte de su madre; la primera que admiraba desnuda. El corazón le latió desbocado y la sangre se le agolpó en la cara. Dejó caer el cubo y corrió hacia la cafetería gritando que en la verja había una *djin*. Salieron todos.

–Apartaos –ordenó Jacobo, que empuñaba una escopeta mientras corría cojeando hacia la entrada.

Enseguida pudo percatarse de que aquella muchacha no era una *djin*, sino una mujer normal y corriente: tenía ojos humanos. Bajó el arma mientras los otros llegaban tras él. La muchacha no hablaba ni aparentaba saber hacerlo.

–No es una *djin*. Pero parece trastornada. Debe de estar muerta de sed y de hambre –dijo Jacobo.

Lucas le acercó el cubo de agua y la muchacha bebió como un animal, hasta casi atragantarse. Lucas estaba ruborizado y todos se dieron cuenta. Alicia también pudo comprobar cómo miraba Ramón a la joven. Ramón la deseó en cuanto fijó la vista en ella. Le preguntaron cómo se llamaba, de dónde venía, pero la muchacha les ignoraba y parecía no escucharles.

–Lucas, ve a por alguno de mis vestidos, ropa interior y unas sandalias –ordenó Alicia–. Y tú, Ramón, deja de estarte ahí pasmado y prepara algún bocado para la chica. Jacobo y yo la asearemos y le cortaremos esa melena enmarañada. Seguro que hasta tiene piojos.

Alicia le cortó de unos pocos tijeretazos el cabello a la altura de la nuca. Le despejó el flequillo y unos ojos grandes y negros asomaron. Después le quitaron la suciedad del cuerpo en el mismo patio, cubo tras cubo de agua, frotándola con fuerza. La muchacha se dejaba hacer como una criatura de pocos años. Llegó Lucas con la ropa y la vistieron como si jugaran a las muñecas. Ella tenía la mirada perdida y ausente. Lucas estaba absorto en aquellas facciones delicadas. No podía dejar de observarla. Trataron de llevarla a la cafetería para que comiera lo que Ramón había preparado, pero la joven se negó. Gruñía y los empujaba. Al final decidieron sacarle el plato y lo devoró sentada en el mismo suelo, sin ni siquiera mirar los cubiertos. Al terminar de comer eructó sonoramente y todos rieron.

Aquella noche, la muchacha tampoco quiso entrar en la casa. Le sacaron unas mantas y la vieron acurrucarse con ellas contra la pared del porche.

–La pobre debe de ser autista o sordomuda o se quedó traumatizada por algo –comentó Alicia–. Lo que no puedo explicarme es cómo ha sobrevivido esta criatura a la intemperie tanto tiempo.

–Tal vez no estaba sola –propuso Lucas–. Quizás estaba al cuidado de alguien y ese alguien haya muerto hace poco.

Aquel sería un tema recurrente las próximas semanas, y pasarían muchas tardes inventando el pasado de la muchacha. El que más historias habría de inventarse sería Jacobo. Siempre había tenido una imaginación fácil y un verbo literario. El otro dilema que se les abrió era cómo llamarla cuando se refirieran a ella. Barajaron varios nombres y los que más les gustaron fueron Mara, Idalina, que se podía quedar en Ida, lo que les hizo gracia a todos menos a Alicia, y, por último, Carlota. Pero ninguno de ellos cuajó. Terminaron por llamarla Negra, o La Negra, en alusión a sus ojos, su cabello y el color moreno de su piel.

35.

La Negra no entró a dormir en el motel hasta que llegaron los primeros fríos del invierno y, cuando lo hizo, prefería acostarse con unas mantas en el mismo suelo de la cafetería a hacerlo en las habitaciones vacías, por eso pensaban que debía de sufrir algo parecido a la claustrofobia. Pasaba los días sin hacer nada, de lado a lado, en silencio. A veces repetía frases que había escuchado, pero sin ninguna relación con la realidad. Otras veces agarraba a correr en círculos por el patio durante horas hasta quedar agotada. Hacía sus necesidades en cualquier rincón del terreno y cuando tenía hambre se plantaba ante la puerta de la cafetería mirándose los pies y jugando nerviosa con sus manos y la tela de su vestido.

Desde que apareció en el secadero, todos andaban un tanto alterados. Alicia descubrió alguna vez a Ramón acariciándole el cabello a la muchacha, o devorándola con los ojos mientras La Negra orinaba con descaro frente a él. Lucas, por su parte, no lograba quitársela de la cabeza y se sonrojaba cuando la muchacha se le acercaba y se acurrucaba contra su cuerpo en busca de calor o mimos, pues a pesar de ser distante, La Negra era un ser cariñoso. Lucas se había enamorado de una mujer que habitaba otro planeta diferente al de ellos, y por primera vez comprendió de verdad el amor que Jacobo podía haber sentido por una *djin*.

Algunas madrugadas, cuando todos ya dormían, Lucas se masturbaba pensando en La Negra y sus pechos de canela que a veces se le adivinaban bajo el escote de los vestidos que había heredado de Alicia. Imaginaba el cuerpo de la muchacha y recordaba las mañanas en que ayudaba a su madre a bañarla junto al pozo. Solo Jacobo aparentaba estar a salvo de la hermosura mineral de la muchacha.

–La belleza tiene un prestigio que a veces no merece. Tiene el poder de devastarlo todo y de hacer que no nos importe sufrir el horror que pueda infligirnos. La belleza mata –murmuró una tarde Jacobo para sí mismo.

Lucas no sabía si hablaba acerca de La Negra o de la *djin* que una vez había amado.

Los presagios del extranjero fueron materializándose el siguiente verano. La Negra ya no dormía dentro del motel y se arrancaba los vestidos porque tenía calor. Se paseaba medio desnuda y descalza por el patio. Ramón cada vez era menos cuidadoso y no le importaba hacer daño a Alicia, devorando descaradamente a La Negra con la mirada. A veces incluso le acariciaba el interior de los muslos si ella se le sentaba al lado, o el cuello y la nuca. Alicia le pedía que parara, pero Ramón se reía y contestaba cosas como:

–La muchacha no se queja.

O quizás:

–Si podría ser mi hija, mujer. No te pongas celosa.

Un día, Lucas cruzó el secadero de iguanas para bañarse en el arroyo del cañón. A medio camino escuchó a La Negra gruñir a su espalda. La muchacha le seguía a pocos metros. Apenas la cubrían unos jirones de vestido. No llevaba puesto ningún tipo de ropa interior. Llegaron al arroyo y Lucas se desnudó y se sumergió en él hasta la cintura. La muchacha le imitó y pegó un gritito al sentir la frescura del agua, pero luego aquella sensación la reconfortó. Lucas admiró sus pezones oscuros y erizados, se ruborizó y tuvo que apartar la mirada. La Negra se acercó a él y extendió los brazos en cruz, como le obligaban a hacer cuando la bañaban Alicia y él con agua del pozo. La Negra repitió varias veces: *Sucia*. Lucas sonrió con nerviosismo, pero al final cedió a la ingenuidad de la muchacha y empezó a mojarla con el agua que recogía entre el cuenco de las palmas de sus manos. Comenzó a frotarle el cuello y la espalda, los brazos. Sintió que un nudo ardiente le estrujaba las vísceras y llegó a un estado de excitación que jamás había experimentado. La Negra sonreía y se le abrazó. Lucas notó contra su piel los pechos duros de la muchacha, su sexo contra el de ella, las manos de la Negra acariciándole la espalda. Lucas temblaba como una gelatina y percibió que su miembro se endurecía. La muchacha, que no era virgen porque desde hacía semanas Lucas había visto cómo se acostaba con Ramón de madrugada por los rincones de la venta, comenzó a acariciarle. Lo arrastró hasta la orilla y lo cabalgó con dulzura y como ausente hasta quedar saciada.

La Negra no solo hizo perder el virgo a Lucas y montó durante semanas a Ramón, sino que también intentó aparearse con Jacobo, pero este siempre la apartaba. Hacer el amor con esta pobre desgraciada sería como tirarse a una niña de dos años, pensaba el hombre, y por eso se resistía a la hermosura trágica de la muchacha. Alicia, por su parte, era consciente de que Ramón se acostaba de vez en cuando con la joven. Un par de veces cada semana, Ramón se levantaba a media noche y la dejaba sola en la cama durante casi una hora para regresar oliendo a La Negra. Al principio Alicia se hacía la ciega: odiaba a Ramón por aquel ultraje, pero no quería perderlo. Sin embargo, cuando La Negra dejó de menstruar, decidió enfrentar por fin la situación.

–Qué vas a hacer, Ramón –le preguntó un día a bocajarro.

–¿Qué quieres decir?

–La Negra no menstrúa hace ya meses.

–Alicia, ese bebé puede ser de tu hijo, ¿o es que estás ciega? Cada semana se van los dos al arroyo, y no a nadar precisamente. Además, tú tampoco me das de comer todos los días, ni estamos casados, ni el mundo es lo que era, así que no me montes ningún numerito. Déjate de convencionalismos...

Alicia le cruzó la cara de una bofetada. Ramón sonrió. Alicia por un instante sintió que, si no dominaba su odio, Martina escaparía a su control. Se retiró a su cuarto y aquella tarde recordó con tristeza a Santiago, el padre de su hijo, a quien tanto había amado, quien tanto le amó, quien le había enseñado a ser Alicia, a enterrar a Martina en el olvido.

Jacobo, que había presenciado la escena, se acercó hasta Ramón.

–Te voy a dar un consejo: deja en paz a La Negra –dijo Jacobo.

–No te metas en mis cosas, viejo. Tú mismo me enseñaste que las mujeres no tienen dueño.

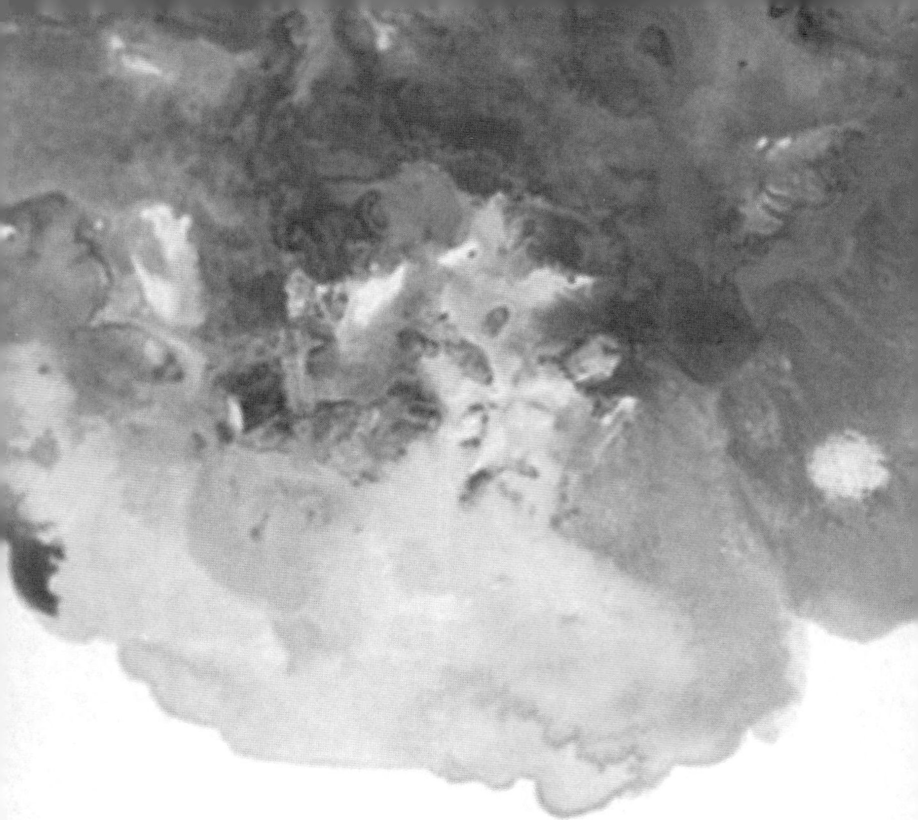

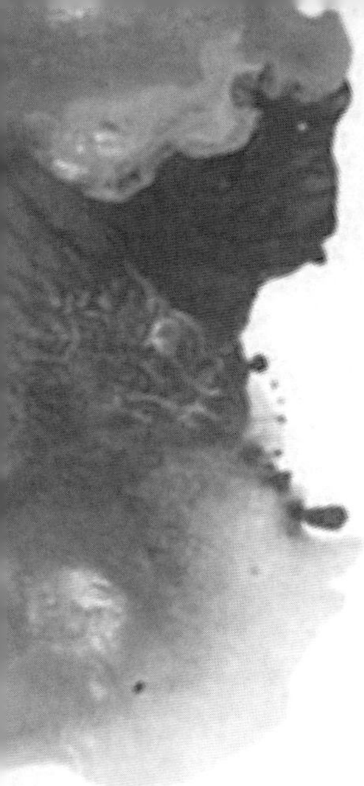

Ramón y La Negra capítulo diez

36.

La madrugada estaba quieta como pocas veces. No había rastro alguno de luna. Hacía muchas horas que el sol había desaparecido tras el largo cañón del río Iguana. Ramón no se había acostado todavía. Estaba sentado en la cafetería, a oscuras, tomando un vaso de aguardiente. Todos dormían. También La Negra. La había visto acostarse contra el tronco de la higuera.

–Estoy harto de este desierto –murmuró.

Luego se levantó y salió a la noche. Respiró hondo. Se encendió un cigarrillo. Tras la última calada echó a andar hacia la ranchera roja en la que un día llegó Jacobo. Estaba aparcada entre la higuera y el pozo. Abrió la puerta del conductor y comprobó que las llaves estaban puestas. Normalmente no se molestaban en quitarlas del contacto, pues no había nadie en la comarca para robarlas. "Bien –pensó–, me largo. Ahí os quedáis con vuestro puto teatro". Se sentó y cerró la puerta. Iba a dar al contacto para encender el motor, pero entonces cambió de parecer. Meditó que por qué no llevarse a La Negra con él. Descendió de la furgoneta y se acercó a ella, le movió el hombro para despertarla.

–Vamos, guapa, nos vamos al mar –le dijo mientras la agarraba de la muñeca y la sentaba en el asiento del acompañante.

La Negra se dejó hacer. Sonreía. Estaba embarazada de seis meses. Ramón quitó el freno de mano y en punto muerto empujó el vehículo hasta la carretera. Siguió haciéndolo avanzar con el motor apagado un centenar de metros. Luego subió a la ranchera y la arrancó. Estuvo manejando toda la noche hacia el sur.

Al amanecer paró en la cuneta, en una vieja estación de servicio, agarró algunos paquetes de carne desecada de varano, de los que se comieron uno, cargó el tanque de combustible con la bomba manual, llenó unas garrafas más para el camino y durmió cuatro horas antes de reanudar la marcha. Antes de partir, contempló a La Negra arrodillada junto a los surtidores de nafta mientras orinaba. Era hermosa como un campo de trigo, como un atraco a cara descubierta, pensó Ramón.

La segunda noche de viaje comenzó a llover con fuerza, como no habían visto llover en años. Amanecía el tercer día cuando llegaron a la costa, donde la carretera se bifurcaba a izquierda y derecha. Ramón aparcó fuera de la calzada y La Negra salió de la furgoneta a orinar de nuevo. Tras aliviarse, se puso a bailar bajo la tormenta. El hombre, mientras tanto, desayunó un trozo de carne. Al terminar salió a buscar a la muchacha, que seguía danzando y dando vueltas sobre sí misma como una niña idiota. Estaba empapada. La hizo entrar en el vehículo a estirones. La Negra perdió una sandalia en el asfalto durante el forcejeo. Pero Ramón ni se dio cuenta.

–Lo que daría por sintonizar una radio, me cago en la hostia –farfulló Ramón mientras arrancaba con brusquedad y enfilaba la carretera que bordeaba la costa hacia el oeste.

Ya estaba oscureciendo cuando pararon en un poblacho

de apenas treinta casas. “Calaguada”, leyó en la señal de entrada al pueblo. Ramón miró a La Negra y se estremeció ante su frágil belleza de embarazada. La besó en el cuello. La besó en la nuca. Bajó sus besos como lentos caracoles por todo el cuerpo de ella y luego se dejaron llevar por el deseo y sus pasiones hermanas. Se amaron con dulzura.

Seguía diluviando sobre ellos y aquel pueblo desierto de la costa.

37.

La mañana siguiente a la fuga, en cuanto Jacobo le dijo que Ramón había desaparecido con su furgoneta y que La Negra no estaba por ninguna parte, Lucas sintió el odio como un puñal clavado a la altura del estómago; notaba su sangre caliente alrededor de la hoja fría de aquel negro sentimiento.

–¿¡Qué haces!? –gritó Alicia al ver que su hijo estaba cogiendo un fusil de la armería y varias cajas de municiones, pero el muchacho no contestó.

Lucas salió al patio y avanzó decidido hasta el coche con el que Ramón había llegado hace ya años. Dejó el fusil y las cajas de proyectiles en el asiento trasero. Se asomó por la ventanilla y comprobó que las llaves no estaban puestas. Lucas actuaba con una inusitada energía, con una violencia que le hacía parecer otro.

–¡Dadme las llaves! –gritó– ¡Dadme ahora mismo las putas llaves!

Alicia y Jacobo le observaban desde el porche.

–Tranquilízate, Lucas. No voy a dejar que te largues así –respondió con serenidad Jacobo.

Lucas se dirigió a él y lo agarró por el cuello de la camisa. El hombre era más alto y mucho más corpulento que Lucas, pero este estaba poseído por una rabia oscura y una ansiedad amarillenta.

–No se las des –rogó Alicia.

–¡Dame ahora mismo esas llaves, viejo de mierda! Todo

esto es por tu culpa. Estoy harto de tus putas historias del circo y de *djins*. Harto de tus mentiras. Tendrías que haberte muerto hace veinte años –escupió Lucas al extranjero.

Jacobo reaccionó al reproche del muchacho, al que amaba como a un nieto, como si una roca le hubiera abierto el cráneo. Se quedó paralizado. Lucas hurgó en los bolsillos del hombre y encontró el llavero. Avanzó de nuevo hacia el coche, pero Alicia lo agarró del brazo.

–No hagas ninguna locura, cariño. No te marches.

Lucas la empujó al suelo.

–Ya no soy un niño –dijo antes de subir al auto.

Lucas partió rápido, alzando una polvareda en el patio. Derrapó al salir de la venta y enfilar la carretera en dirección sur. Casi se golpeó con la máquina quitatierra, que estaba aparcada junto a la alambrada e invadía la mitad del carril izquierdo. Estaba seguro de que Ramón se dirigiría al mar. Condujo durante horas pensando en lo que iba a decirle a Ramón antes de matarlo. No iba a descansar hasta encontrar a Ramón y a La Negra.

38.

Lucas manejó durante cuatro días sin descanso. Ramón y La Negra le llevaban toda una noche de ventaja y por eso apenas se detenía sino escasos minutos para comer y unas pocas horas para dormir y descansar. Fue en la estación de servicio, en la que paró para cenar, donde encontró la primera prueba de que la pareja había pasado por allí. Las cristaleras de la tienda estaban rotas, y halló envoltorios aún grasientos de embutidos de lagarto tirados por el suelo. Aquella pista reciente le hizo olvidar el cansancio que le invadía. Cargó un par de garrafas con nafta, el depósito del coche también, y siguió conduciendo del tirón casi cinco horas más.

A la segunda noche, la lluvia empezó a caer y Lucas rezó para que no se mojara por dentro el cárter de su automóvil. Activó las escobillas del parabrisas. Nunca en su vida había conducido bajo el agua, y nunca había visto llover así. El mundo era aquella carretera en un descampado interminable cubierto por gigantescas cortinas de baño, translúcidas y líquidas, que colgaban de los nubarrones y que él atravesaba en el auto con un rumor lejano. Una tras otra golpeaba las cortinas fantasmas. Una y otra vez las golpeaba con el parachoques de su coche.

Al alcanzar la costa, la carretera se bifurcaba y Lucas no supo qué dirección debía tomar. Detuvo el automóvil y durante un rato se dedicó a escuchar las gotas que golpeteaban como nudillos la chapa de su coche. Quedó sobrecogido por la belleza del mar batiendo furioso contra la arena. Entonces, iluminada por los faros, descubrió una sandalia olvidada en el asfalto. Salió del auto y la recogió. Era de La Negra. También distinguió en la cuneta dos surcos paralelos encharcados por la lluvia; el rastro que los neumáticos de la ranchera de Ramón habían dejado en el barro. Lucas volvió a subir a su carro y lo arrancó. Estaba empapado, el agua de su ropa chorreaba sobre la espuma del asiento.

Las marcas en el barro indicaban claramente la dirección que Ramón había tomado en su huida, lo que insufló de nuevas energías a Lucas. Condujo durante horas bajo el chaparrón por aquella carretera que bordeaba una costa de playas interminables. La tormenta desvanecía los contornos del paisaje. Apenas adivinaba el océano a su izquierda y los sombríos pinares a su derecha. Amanecía cuando entró en Calaguada, un pequeño pueblo de pescadores a pie de mar.

Había dejado de llover poco antes y las nubes ya se iban desgajando. El asfalto estaba encharcado y todo el pueblo goteaba desde los aleros de las casas. Un sol adormecido matizaba de granate las sombras de los árboles contra las paredes. Lucas descubrió la furgoneta roja estacionada en la acera derecha de la travesía, frente a una antigua taberna. Frenó a escasos metros. Luego agarró el fusil de los asientos de atrás y lo cargó. Salió del auto y avanzó sobre los charcos hasta la ranchera. Pudo ver a Ramón y a La Negra abrazados. Dormían en cueros. Contempló el vientre abultado de la mujer.

–¡Hora de despertar, hijo de puta! –gritó Lucas mientras rompía la ventanilla del asiento trasero con la culata de su arma.

Ramón y La Negra se incorporaron, sobresaltados.

–¡Lucas...!

–¡Cállate, imbécil! –ordenó el muchacho mientras le apuntaba con el fusil a la cara–. He venido a matarte. Engañaste a mi madre y secuestraste a La Negra. Jacobo me dijo que has estado en la cárcel. Eres escoria, Ramón, escoria...

–No hagas tonterías, niño. Yo no secuestré a nadie. La Negra quiso venir conmigo. Si tan encoñado estás, llévatela, no me importa.

Lucas abrió la puerta y tiró de La Negra, pero esta se resistió y se abrazó a Ramón.

–Prefiere quedarse conmigo, ya lo ves –dijo el hombre.

Lucas se sulfuró todavía más y ordenó a Ramón que salieran de la furgoneta. Una vez fuera, Ramón dijo:

–Mátame, Lucas, y llévate a la muchacha. Pero ya sabes a quién ha elegido. ¿Podrás vivir con ello? Si puedes, no eres mejor que yo, mejor que un presidiario.

La Negra temblaba y se abrazaba a Ramón con fuerza. Los dos estaban desnudos como animales. Lucas disparó su rifle. Ramón cayó al suelo. La sangre brotaba oscura de su pierna y se diluía en un charco de la carretera. La Negra lloraba sobre él. No parecía que entendiera demasiado bien lo que ocurría.

–No te morirás de esta, Ramón, pero ojalá te quedes cojo para el resto de tus días y os pudráis los dos en estas playas –escupió Lucas.

Luego sacó dos garrafas cargadas de nafta y roció la furgoneta.

–Mejor que os apartéis –les dijo.

Ramón se arrastró lejos gimiendo de dolor y la muchacha le siguió como un perro faldero. Lucas prendió una cerilla y la lanzó a la ranchera, que se vio envuelta de súbito por lenguas de fuego. Después montó en su auto, lo arrancó y viró de un volantazo hasta enfilar el coche en dirección contraria. Aceleró hacia el este, por donde había llegado. El sol le deslumbraba y tuvo que bajar el parasol. Por el retrovisor podía observar toda la escena: a Ramón en el suelo y a La Negra a su lado, a la furgoneta ardiendo en la calle mojada. Le pareció que de repente no había sonido y que el tiempo discurría más despacio, como a cámara lenta; los segundos parecieron estirarse como chicle. La Negra, Ramón, el fuego, los aleros mojados de las casas de piedra, una gaviota detenida en el aire... Y de pronto el fuego alcanzó los depósitos de carburante de la furgoneta y una fuerte explosión la levantó del suelo. El tiempo volvió a recobrar su ritmo natural y el coche de Lucas salió disparado carretera adelante y la ranchera cayó pesada contra el asfalto, envuelta todavía en llamas, y Ramón gesticulaba hacia él y La Negra huía con pánico de la explosión hacia la playa y una gaviota cruzó el cielo hasta perderse.

Lucas gruñía, enfermo de odio y desamor, de celos y torturas. Tenía diecisiete años. Amaba a La Negra y había renunciado a ella; odiaba a Ramón y no había podido matarlo. Los ojos se le volcaron y humedecieron sus mejillas, pero siguió conduciendo sin descanso hasta el cruce hacia el norte, donde aparcó.

Durmió más de diez horas seguidas en su auto, bajo la sombra fresca de un solitario tamarindo. Ni siquiera escuchaba el rugido del mar contra la playa. Una bandada de gaviotas chillaba en la arena mojada.

El peregrinaje de los muertos

tercer cuaderno

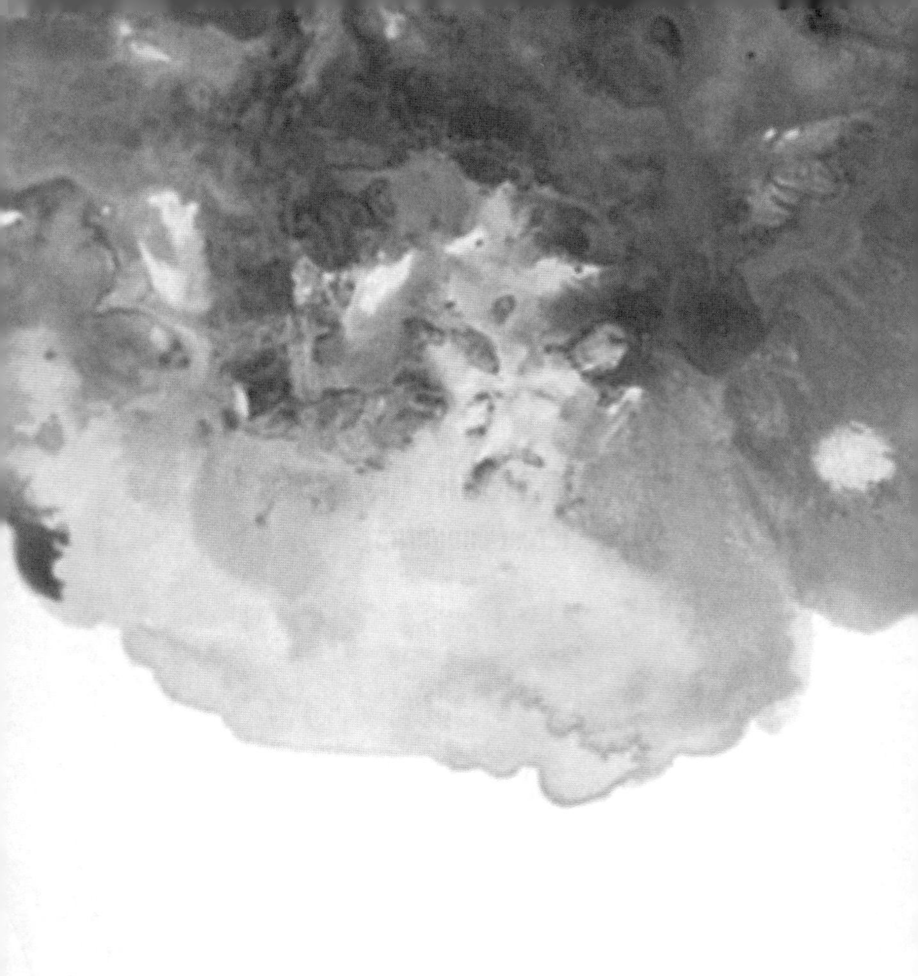

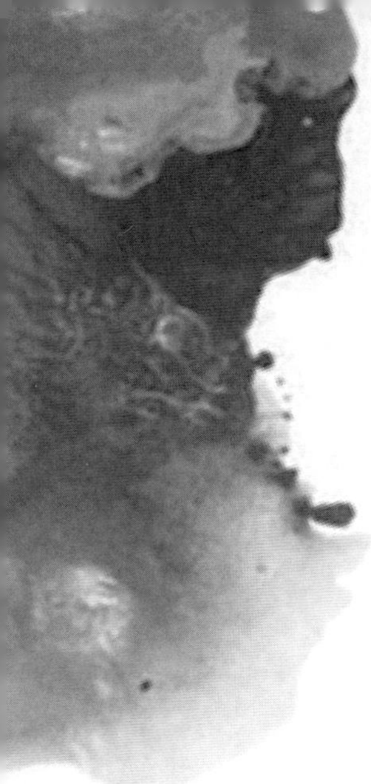

La despedida de Jacobo
capítulo once

39.

Cuando Lucas desapareció hacia el sur por la carretera, Jacobo se quedó parado en el porche, callado. Alicia, a su lado, se difuminaba. Maldijo aquel tétrico teatro al que habían jugado durante tantos años. En aquel momento Martina la tomó desde el pasado y Alicia dejó de ser. Cayó al suelo entre convulsiones. Sacaba espuma por la boca, gritaba como una enferma en un hospital psiquiátrico. Jacobo se arrodilló frente a ella y se preocupó de que no se tragara la lengua. Luego la cogió en brazos y la condujo a la cama.

–Descansa, Alicia, no te atormentes más. Si alguien tiene la culpa de todo esto, no eres tú precisamente. Intenta tranquilizarte –comentó el hombre.

Alicia descansó durante dos días y tres noches. Fue dominando a Martina, obligándola a dormirse de nuevo. La lucha la dejó exhausta. Por su parte, Jacobo pasaba las jornadas en silencio, contemplando la carretera y el secadero de iguanas, donde ya iban llegando los primeros lagartos, como cada año. Para el solsticio de verano llegarían a ser miles. Iban acercándose desde cientos de kilómetros a la redonda. Se reunían allá, frente al motel, a dejarse morir. Los lagartos ladraban al amanecer con tristeza.

Transcurrieron así nueve largos días con sus torturadas noches. Ninguna noticia de Lucas, de Ramón o de La Negra. Alicia y Jacobo no hablaban, no se atrevían siquiera a mirarse el uno al otro a la cara. Tras una amarga comida, Jacobo al fin rompió el silencio:

–Nunca imaginé que mi mejor amigo iba a ser cincuenta años más joven que yo. Has de cuidar de Lucas. Si es que vuelve. Es un muchacho muy especial.

Jacobo dejó de hablar y se dedicó a recoger la mesa como un autómata. Tras fregar, se acercó a la mujer y la besó en la mejilla. Luego se retiró a su dormitorio. Parecía veinte años más viejo, incluso su cojera era más pronunciada.

Alicia lo vio alejarse y la sensación de extrañeza hacia él desapareció tal y como había llegado.

–¡Lucas nunca va a regresar, Jacobo! –le reprochó, gritando con la voz quebrada de Martina– ¡Y tú no supiste evitarlo!

Medio minuto más tarde, sonó un disparo en el piso de arriba. Un solo disparo, que hizo ladrar a los perros afuera. Alicia subió a la carrera las escaleras y abrió la puerta de la habitación de Jacobo. El hombre yacía sobre el entarimado con la cabeza destrozada. Todavía sostenía entre sus manos una escopeta, la misma escopeta con la que Martina había rematado una vez a su padre. Ya nada dolía. Ya nada importaba para aquel hombre. Los sesos de Jacobo palpitaban como dos sapos calientes y húmedos sobre la madera del suelo. Sobre la cama había un sobre cerrado. “Para Alicia”, podía leerse en el anverso. Era la caligrafía del extranjero.

Alicia sintió con tal intensidad el vacío del mundo que no fue capaz de llorar. Otra vez estaba sola en medio del desierto. Abandonada al silencio de las piedras.

40.

Alicia enterró a Jacobo a la mañana. Arrastró su cuerpo escaleras abajo. La cabeza abierta golpeaba escalón tras escalón. Siguió tirando de él hasta las dos cruces donde estaban enterrados sus padres. Allá lo dejó y se sentó a descansar unos minutos. Luego regresó al motel. Fregó la sangre seca del suelo de la habitación y también los restos que había ido dejando por el pasillo y la escalera.

Alicia nunca fue creyente, nunca recibió una educación religiosa. Pero de todas formas quiso enterrar a su amigo. Se resistía a creer que desapareciéramos sin más en la nada al llegarnos la muerte, prefería pensar que algo de nosotros perduraba en el mundo cuando nuestro cuerpo se apagaba. Al menos por un tiempo. Cuando era Martina pudo ver a su madre muerta, y después también a su padre, Edgardo. Los gitanos también podían verlos. Además, algo le decía que a los muertos les gustaba estar con los muertos. Bastaba mirar hacia el secadero de iguanas. Al fin y al cabo las vidas de los hombres y los lagartos no eran tan diferentes. Alicia terminó de echar la última palada de tierra sobre el cuerpo de Jacobo. Clavó sobre la tumba una cruz que había construido con dos maderas del desguace.

–Adiós, Jacobo –se despidió.

El sol apretaba y Alicia sudaba bajo su delgado vestido tras el esfuerzo. Estaba hermosa como un aguacero y la tristeza confería a su rostro una luz quebradiza que parecía temblar. Eran absurdos aquel entierro y aquella cruz. Lo práctico habría sido echar el cuerpo roto de Jacobo a los varanos que criaban, pero había que aferrarse a algo... Una vez su padre había sembrado a su madre en aquella tierra; una vez ella y su hermano habían enterrado a su padre en aquella tierra; ahora había hecho lo mismo con Jacobo. Se había acostumbrado a aquello.

Por un momento Alicia acarició los contornos precisos de su dolor por la ausencia definitiva de Jacobo. Aspiró el aire y fue consciente del peso de la atmósfera, de su fragilidad en medio de un universo ciego e insensible. Tomó conciencia de cada uno de sus músculos, doloridos tras cavar y cubrir luego de tierra la fosa. Sintió el cuerpo desnudo de su amor por aquel extranjero, de su amor por Lucas, por el verdadero Ramón y también el falso, por Santiago, que la llamaba mudita. Entonces, el coche en el que Lucas se había marchado hacía ya diez días, apareció en el motel y aparcó junto a la higuera.

–¿Y esa cruz? –preguntó el muchacho antes siquiera de abrazar a su madre.

Alicia no respondió. Agachó sus ojos de miel, que los años iban agriando. Lucas se preocupó por el gesto y corrió a la venta, subió a la habitación de Jacobo y vio la oscura mancha de sangre que su madre no había podido borrar del todo de la madera. Bajó de nuevo al patio.

–¿Dónde está Jacobo? ¿Dónde está Jacobo? –repetía a su madre.

Alicia lo abrazó.

–Volvemos a ser dos –sentenció Alicia.

Un coyote aulló entonces en la lejanía. Bajo una higuera, un hombre temblaba en los brazos de su madre. Un sol implacable calentaba un pequeño cementerio de tres cruces al otro extremo del terreno.

41.

Atardecía en el desierto. No había movimiento en el Motel del Secadero. En la cafetería estaban Alicia y su hijo sentados a una mesa. Un sobre cerrado entre ellos. Lucas se decidió a abrirlo y extrajo una cuartilla escrita con la caligrafía irregular de Jacobo. La leyeron. Una, dos, tres veces. Al terminar, las manos les temblaban. Lucas dobló la carta y la dejó sobre la mesa. Alicia y él se miraron sin decir palabra. Los ojos brillantes, salpicados de venas rotas.

Afuera se levantó viento. Un tornado lejano se formó en lontananza. Lo observaron avanzar tras las cristaleras de la cafetería. Se movía como una peonza de polvo a través del desierto. Parecía estar vivo. Daba miedo. Llegó a acercarse a unas pocas millas de la venta. Después se fue.

42.

Alicia estaba ordenando el cuarto que había sido de Jacobo cuando encontró un puñado de cuadernos manuscritos en un cajón de la cómoda. Se sentó al borde de la cama a echarles un vistazo. La mayoría de páginas estaban emborronadas con ideas generales, bosquejos de personajes o croquis de lugares donde ambientar diferentes historias. Pero además descubrió unos cuantos relatos breves, sin título, que hablaban del circo de su infancia y un cuento algo más extenso: *Última cosecha*. Era la historia de un tipo que, al regresar a su pueblo a enterrar a su padre, descubría que los campos estaban sembrados, como todos los años, y de repente sentía que no podía abandonar la granja sin antes recoger aquella última cosecha y recobrar así, uno por uno, todos los recuerdos olvidados de su infancia. La narración más larga de todas, que ocupaba varias libretas, dejó a Alicia conmocionada nada más leer el título: *El secadero de iguanas.* Se trataba del primer borrador de una novela inacabada. Hojeó algunas páginas y se estremeció. En ellas aparecían el motel y el desierto, los gitanos, sus padres, ambos Ramones, La Negra, Lucas, Jacobo, ella misma… Dejó la habitación a medias, con montones de ropa doblada sobre la cama, y corrió en busca de Lucas.

–Era escritor. Nunca dejó de serlo –exclamó Alicia, excitada.

–Lo sé –contestó el muchacho.

Cogieron unas sillas y Alicia depositó los cuadernos sobre la mesa. Lucas les echó un vistazo y se detuvo en *El secadero de iguanas*. Se emocionó al averiguar que Jacobo le había dedicado la novela. Leyó en alto las primeras frases del manuscrito: "Un desierto amarillo como una esponja seca. Una carretera atraviesa el pedregal. Viene de ningún lado. Va hacia ninguna parte". La voz se le quebró. Alicia se incorporó y le acarició la espalda con tristeza.

–Está inacabada. Es solo un borrador –afirmó Alicia.

Lucas miró a su madre a los ojos. Se levantó para estrecharla entre sus brazos.

–Algún día la acabaré por él –le susurró al oído.

De pronto había descubierto en sí mismo aquel fuego sin forma que quemaba inexorable a cualquier escritor: la necesidad definitiva de narrar una historia para poder respirar. Para poder seguir viviendo.

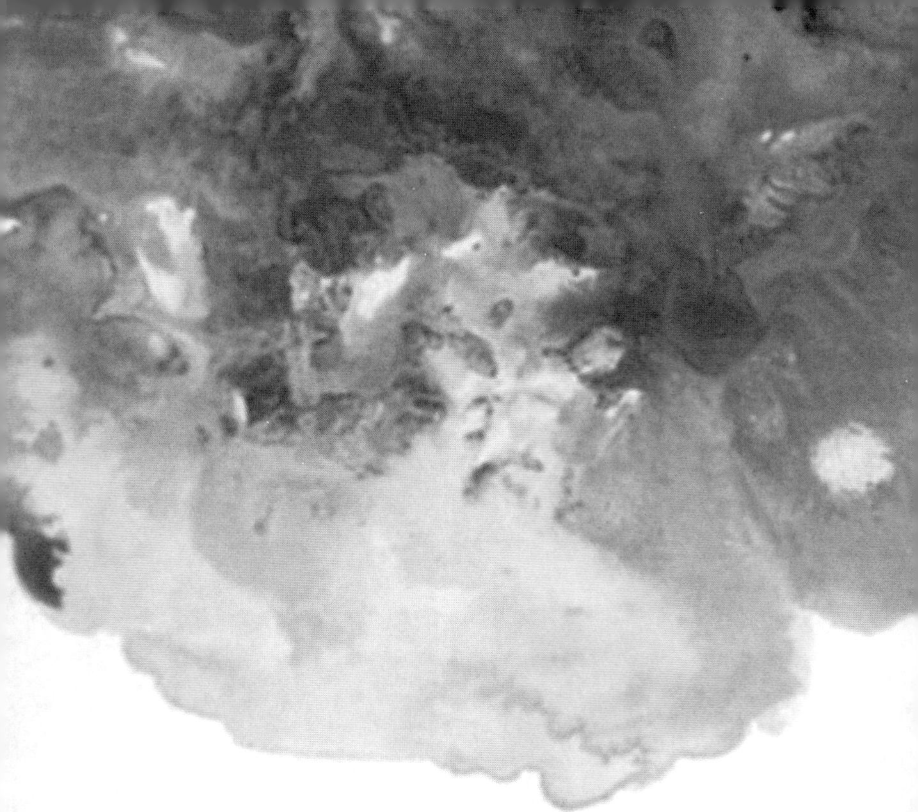

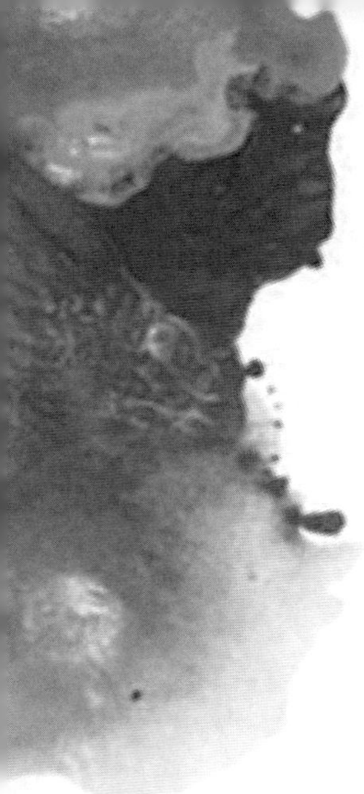

La extraña caravana

capítulo doce

43.

Por aquella carretera llegó una vez Carmela, la burra. Por aquella carretera habían aparecido el primer y el segundo Ramón, Santiago, Jacobo, La Negra. Por aquella carretera. Algunos se fueron por ella; otros no, pero como si lo hubieran hecho. Ya no estaban. Aquella ruta polvorienta daba y quitaba. Primero lo aprendió Alicia, luego fue el turno de que lo aprendiera su hijo. Aquella ruta polvorienta se parecía demasiado a la vida; se perdía infinita en el horizonte hacia la nada.

A Lucas se le había atenebrado el carácter desde que Ramón huyera con La Negra y Jacobo muriese, hacía ya casi diez años. Contemplaba el lento madurar de su madre, quien había vivido cuarenta y dos tormentas de tierra en el desierto. Seguía siendo una mujer cautivadora. Las arrugas de sus ojos al sonreír y el aspecto seco de su piel no la afeaban, sino al contrario, la hacían más interesante. Lucas se entristecía de que ningún otro hombre pudiese admirarla, abrazarla, hacerla vibrar de nuevo llena de pasión.

A pesar de que Alicia seguía manteniendo un aspecto atractivo, Lucas podía percibir que por dentro era una verdadera anciana que no esperaba nada de la carretera. Él todavía sí, a pesar de todo. Y por ello muchas tardes se sentaba frente al secadero de iguanas a otear los horizontes a su derecha e izquierda. Pero en diez años nunca vio nada, ningún vestigio de que alguien más que ellos quedara con vida.

A veces aplacaba su ansiedad agarrando el automóvil y conduciendo hacia el sur a más de ciento cuarenta kilómetros por hora, hasta quedarse sin nafta y tener que rellenar el depósito con la garrafa de reserva para el camino de vuelta. La carretera recta y vacía, los insondables horizontes pedregosos, el sol despellejado que se reflejaba en el bólido. Al regresar, se sentía más relajado. Preparaba la cena para él y su madre. Cenaban bajo el porche y admiraban la luz amarronada de la luna, las botellas de colores que colgaban de la higuera. Divagaban acerca de cualquier cosa. Todo lo importante ya se lo habían dicho hacía tiempo.

En una de aquellas ocasiones en que se lanzaba a conducir por la carretera para vaciarse de rabia y angustia, Lucas se cruzó con un descomunal lagarto. Era un varano de tres o cuatro metros de largo y por lo menos doscientos kilos de peso. Estaba atravesado en la ruta. Lucas lo descubrió tarde porque el sol creaba ligeros espejismos en las pequeñas lomas del trazado. Trató de frenar. Probó a esquivarlo saliéndose del asfalto por su derecha. Pero circulaba a ciento sesenta kilómetros por hora y fue imposible hacerlo. El auto impactó contra el saurio y lo reventó en dos cachos. Volcó hacia la derecha y tras algunas vueltas de campana, avanzó sobre su techo cerca de cien metros antes de detenerse por completo.

Lucas salió por el parabrisas destrozado. Tenía cortes en la cara y los brazos, golpes y magulladuras por todo el cuerpo y estaba seguro de que se había fracturado una costilla. Pero, milagrosamente, seguía vivo. Le costaba respirar y cualquier pequeño movimiento le pinchaba por dentro como un cuchillo de carnicero. El accidente había ocurrido a pocos kilómetros de la posada; sin embargo, le llevó toda la mañana y parte de la tarde recorrer la distancia en su lamentable estado. Cuando llegó a las escaleras de la cafetería, se desplomó en el suelo. Alicia corrió asustada hacia él. Le hizo beber un trago de aguardiente para reanimarlo. Luego le vendó el torso con una sábana para sujetar la costilla rota. Le desinfectó también los cortes que se había hecho y le ayudó a acostarse en su cama.

Aquella misma tarde, varios kilómetros al sur por la carretera, dos coyotes escuálidos se dieron un festín sobre el corpacho destrozado del enorme varano. Los buitres esperaron su turno con paciencia.

Lucas estuvo dos meses convaleciente en su lecho. Alicia le cuidaba con esmero y para hacerle más llevadera la situación, le leía novelas durante horas, hasta que se dormía. Un día cualquiera, Alicia recordó de pronto algo que había olvidado hacía muchos años, el libro que su hermano Alberto había salvado de las llamas y las garras de su padre y que había enterrado junto a la alambrada norte del terreno. Fue a por una pala y cavó. Tras tres intentos fallidos, excavó una cuarta vez y dio con el tesoro: una vieja caja de plástico naranja. La sacó del agujero y la abrió. Dentro había un libro envuelto en bolsas. Las desgarró y allí aparecieron las tapas de cuero y el título: *Manual de insurgencia*, de Jacob Saldívar.

De repente, fue consciente de su error: había convivido

durante más de diez años con el autor de la novela que más le había subyugado en su vida. Pero jamás sospechó nada. Ni siquiera se había dado cuenta de ello al descubrir los manuscritos de Jacobo en la cómoda. Se sintió emocionada y aturdida. Abrió la primera página y empezó a leer. Luego apartó el tomo, se sentó sobre la tierra y los ojos se le mojaron de nostalgia y rabia. Recordó su infancia, los libros que Ramón les traía a ella y a su hermano desde Burgo de Cuerva. Regresó al cuarto y le entregó la obra a su hijo.

–Este libro lo salvó del fuego tu tío Alberto –le dijo–. Lo escribió Jacobo. Soy una estúpida. No he sido capaz de atar cabos hasta ahora. Ni siquiera recordaba que tu tío había enterrado esta novela junto a la alambrada. Soy una idiota…

Lucas pasó algunas tardes sumergido en la historia. Aquel mundo le atrapó desde la primera frase. Decidió que cuando se recuperara del todo, iba a tratar de conseguir el resto de obras publicadas por su amigo.

Cuando no leía, Lucas se dedicaba a contemplar el patio desde su cama. Le gustaba observar la higuera multicolor, escuchar el tintineo de las botellas si soplaba algo de viento. Hacerlo le tranquilizaba, le daba serenidad.

Al principio, una vez superada su lucha contra el dolor y las fiebres, cuando Lucas tuvo la certeza de que iba a salir adelante, se entristeció por haber perdido el coche. La vida en el motel sería mucho más dura sin él, y las visitas al pueblo mucho más penosas. Pero pronto afrontó su pesimismo y pensó que ya encontraría algún auto en Jabalí Nuevo, en algún garaje, que aún se pudiera salvar. De Ramón había aprendido los secretos de un motor.

De aquel cambio en su carácter tenía gran culpa su madre, que volvía a estar habladora y contenta a medida que Lucas se recuperaba del accidente. Lucas podía observar de nuevo el brillo en los ojos de Alicia, ese fulgor que en los últimos años se había ido apagando. Se sentía contagiado por la felicidad y la fuerza de su madre. En pocas semanas más pudo acompañar a Alicia hasta Jabalí Nuevo y emplearse dos jornadas en hacer andar el motor de un patrullero de la policía caminera.

–¿Para qué quieres el auto, Lucas?

–No lo sé. Quizás para poder creer que somos libres –respondió el muchacho.

–Engañarse no sirve de nada. Estamos solos. Siempre lo estaremos. Siempre lo hemos estado. Pero está bien, el coche nos será útil. Aunque sea para cargar baterías para las lámparas.

44.

La atmósfera estaba espesa y húmeda. Unas nubes marrones y eléctricas cubrían la comarca. La luz parda daba un aspecto irreal al desierto. Pronto atardecería. Lucas estaba subido en el tejado del desguace, arreglando el molino de viento que construyera su padre antes de que él naciera. Alicia, que ya tenía cuarenta y siete años y volvía a ser la mujer enérgica y serena de siempre, estaba echando grano a las gallinas. Luego se dirigió al cercado de los lagartos y volcó un cubo lleno de carroña para que se alimentaran de ella. Se le enganchó el vestido en un clavo de las tablas. Cuando trataba de desengancharlo, un varano viejo la atacó, excitado por la comida, y le clavó las pesadas mandíbulas en el muslo, arrancándole de cuajo un trozo de carne.

Alicia cayó de espaldas mientras gritaba de dolor. La sangre brotaba de la herida y en segundos su vestido se había empapado de rojo oscuro. Lucas dejó lo que estaba haciendo y saltó desde el techado. Aunque se torció el tobillo, corrió hasta su madre con todas sus fuerzas. Alicia estaba perdiendo el conocimiento. Se desangraba. Todo le daba vueltas.

Lucas se quitó el cinturón y apretó el muslo de su madre por encima del mordisco, para que la sangre fluyera con menos fuerza. Fue hasta la cafetería y regresó lo más rápido que pudo con una aguja, hilo y una botella de aguardiente. Limpió el corte con el licor. A Alicia aquello le ardió y gritó como si la estuvieran empalando.

Lucas cosió la herida y le vendó el muslo con su propia camiseta. Le mantuvo la pierna en alto hasta que dejó de manar sangre. Luego cogió a su madre en brazos y la condujo a la cama. Le puso varias almohadas bajo la pierna para alzársela.

–Descansa, has perdido mucha sangre –dijo Lucas con semblante preocupado. Le dolía el tobillo, pero no tenía tiempo de ocuparse de él. Afuera comenzó a descargar un aguacero hostil. Llovió con desmesura tras cinco años sin que hubiera caído ni una sola gota. La tormenta iba a tardar en amainar varios días, que se harían interminables para Alicia y Lucas.

Alicia sufrió fiebres altas y deliraba en sueños. Lucas permanecía a su costado como un perro guardián. No podía hacer otra cosa que esperar. Dudó de si suministrarle antibióticos, pero los que tenían en la posada habían caducado hacía más de quince años, así que optó por no hacerlo. La herida del muslo se había infectado. Los varanos escondían hasta ochenta y dos tipos diferentes de bacterias en su saliva, por eso su mordedura provocaba la muerte de sus presas por septicemia en unas pocas horas. Pero Alicia no era un roedor ni un cachorro de coyote ni un conejo ni un cabrito, y Lucas guardaba la esperanza de que lograra sobreponerse.

No fue así. La septicemia se llevó a Alicia tres noches después. La sangre se le fue pudriendo. Su corazón acabó bombeando un líquido grumoso, como trozos de cristales, y al fin dejó de latir. Se quedó parado como un coche con la biela rota. Lucas besó a su madre en la boca y la cubrió después con la sábana. Salió del cuarto en sueños y bajó hasta la cafetería. Estaba tan aturdido que se sentía vacío de cualquier sentimiento. Era como si hubieran rasgado la atmósfera y ahora el mundo fuese otro, con un peso distinto, sin sonido ni vibraciones; como si el universo se hubiera quedado parado de pronto, fuera de sí mismo. Una tranquilidad aterradora y extrahumana le abrazaba. Lo único que fue capaz de distinguir era una sensación de extrañeza y a la vez comunión con cuanto le rodeaba. Se sentó en una mesa y abrió una botella de aguardiente. Fumó uno tras otro catorce cigarrillos, como un autómata. Afuera diluviaba y él perdía la vista en las cortinas de agua, sin verlas. De repente la blancura de su conciencia se pobló de imágenes de nuevo y, sin juzgarlas ni aferrarse a ellas, las dejó brotar y diluirse unas sobre otras. El atropello del varano, el cuerpo dulce y afrutado de La Negra contra él, el andar renqueante de Jacobo, la furgoneta saltando por los aires con Ramón herido de bala, los relatos sobre el circo, las tormentas de arena, el mar infinito y náufrago de los veranos de su infancia, la burra que una vez le asustó en el secadero de iguanas, las botellas de colores de la higuera, las calles desoladas de Burgo de Cuerva, Alicia contándole un cuento cuando aún era un niño, Alicia sonriendo, riendo a carcajadas... Al acabar la botella, Lucas estaba tan ebrio que se desplomó.

–El hombre es una pasión inútil –murmuró antes de derrumbarse.

Esa frase la había leído en alguno de los miles de libros

que había devorado a lo largo de sus treinta años. Ahora, por fin, la comprendía.

Afuera, seguía lloviendo.

45.

Alicia dejó de sentir el dolor. De repente, todo había cesado. Ni fiebres, ni pesadillas, ni espasmos ni rigidez. Ningún síntoma de septicemia. Se levantó de la cama y bajó las escaleras con una ligereza que tenía olvidada. Lucas dormía en el suelo de la cafetería. Salió al patio bajo la noche y la lluvia. Aspiró el aire en sus pulmones y enseguida se dio cuenta de que algo raro sucedía: el mundo no olía a nada. Y todavía hubo algo más sobrecogedor: el mundo era incapaz de doler. Entonces se percató de la transformación a la que se estaba sometiendo la realidad: el suelo bullía con sutileza y simulaba los rescoldos de una hoguera, carbón ardiendo, ascuas encendidas. La lluvia se evaporaba antes de tocar la tierra y el gas iba creando una densa bruma rojiza a su alrededor. Todo parecía convertirse en ceniza que se dejaba flotar en la atmósfera, como si el motel fuera de papel de fumar y estuviera consumiéndose. Vio las maderas de la casa deshacerse en pequeñas partículas que danzaban en la niebla. Las vallas metálicas también se volatilizaban en el aire, igual que la higuera, el desguace y todo lo demás, hasta las piedras. Al final solo quedó Alicia en una llanura plomiza y vaporosa semejante a la nada.

–Bienvenida, Alicia –dijo alguien a su espalda.

Se giró y descubrió a Jacobo, que le sonreía.

–Vamos, ya están llegando los demás. Vienen de todas partes, algunos desde muy lejos, a años de camino –le explicó el hombre.

Alicia y Jacobo restaban de pie en aquella madrugada preternatural, cogidos de la mano. Contemplaban el lugar donde antiguamente habían estado la carretera y el secadero de iguanas, que ahora se desintegraban ante sus ojos, como folios quemados, como libros que ardieran en una pira. A Alicia le pareció que aquellas motas flotantes de ceniza eran letras, palabras, frases, que iban desapareciendo rápidamente del mundo, como las cosas que también se disipaban en la nada. Escucharon un sordo rumor que provenía del norte. Entonces los vieron. Eran cientos de miles, millones, cientos de millones; no había forma de saberlo. Aparecieron de entre la bruma roja. Iban descalzos. Les precedían veinte o treinta gitanos a la antigua, con sus carromatos tirados por mulas. Alicia reconoció a don Genaro, a Raimundo, a algunos otros.

–Somos muchos, Alicia. Nunca fuimos tantos. Nos ha llevado años reunirnos y emprender el viaje. Muchos aún no comprenden lo que les pasa –comentó el patriarca calé con su rudo acento gitano.

En una de las carretas estaban Edgardo y Magdalena, sus padres. Le sonrieron y la saludaron con la mano.

Jacobo y Alicia permanecieron más de dos horas contemplando aquella extraña caravana, aquel peregrinaje de espectros avanzando entre la bruma hacia el sur, donde aguardaba el mar. Era una fila interminable, un espectáculo anormal y de arrobadora belleza. Siempre habían escuchado que los gitanos traían mala sombra a donde se llegaban;

ahora se llevaban toda aquella mala sombra hacia el océano. Sentían miedo y atracción ante aquella marea de cuerpos que parecía un río blanco, lechoso. Algunos de aquellos peregrinos parecían ausentes, o confundidos. Algunos estaban tristes o sombríos, pero la mayoría charlaba entre sí con animosidad y alegría, como si hiciera años que no se hubieran visto. Todos mostraban una piel lívida, como la de un enfermo.

Entre la marea que fluía hacia delante sin prisas pero de forma continua, aparecieron entonces los artistas del Circo de los Tres Soles. Iban haciendo malabares y piruetas, riendo a carcajadas, jugando a escupir fuego... Yago, el payaso borracho, caminaba junto a su amigo el león, y llamó a Jacobo a su lado.

–Me voy con ellos, Alicia, nos veremos a lo largo del camino –dijo al despedirse de la mujer.

Alicia esperó durante más horas y vio pasar al verdadero Ramón, a distintos parroquianos de Jabalí Nuevo. Al fin descubrió entre la gente a Santiago y los recuerdos la envolvieron como una sábana. Se abrazaron con fuerza, casi arrastrados por los que avanzaban. Se besaron despacio como una tubería agrietada que gotea. Luego emprendieron la marcha, abrazados.

–Tienes un hijo, Santiago –le anunció Alicia–. Se llama Lucas, está vivo.

46.

Alicia caminó durante noches y más noches hacia el sur. Nunca se hacía el día. Eran una riada disforme de hombres y mujeres de todas las edades y condiciones. Una peregrinación de muertos. A su paso, nuevos no-vivos se les unían desde los pueblos y campos donde habían fallecido durante la epidemia. Todos iban descalzos y sus ojos estaban empañados por una capa lechosa y uniforme, sin color. Alicia pensó que también los suyos debían de mostrar ese peculiar aspecto. Estaba feliz de haber encontrado otra vez a Santiago, pero quería dar con su hermano mellizo, a quien no veía desde que eran niños y al que tantas cosas tenía que contarle. Se sentía extraña, pues ya no guardaba rencor hacia nadie. Había perdonado a Edgardo, al falso Ramón y a todos los que alguna vez le hicieron daño. Estaba en paz consigo misma y una tranquilidad azul parecía rodearla. Cuando subieron la primera colina de la sierra que los separaba del mar, se giró a contemplar el horizonte. Hasta donde le alcanzaba la vista, observó el río humano de personas pálidas y descalzas. Parecía que no tenía fin. El paisaje era similar a las laderas de un volcán que ha entrado en erupción. Todo el suelo ardía levemente en la oscuridad, dando una luz lóbrega a aquella extraña procesión bajo la noche interminable. El aire seguía poblado de ceniza flotante. Sin embargo, aquello no le producía terror, sino que más bien le comunicaba sosiego. Era extraño, pensaba Alicia.

–Nunca imaginé que estar muerta fuera esto –murmuró.

Entonces un hombre la llamó por su antiguo nombre: Martina.

Alicia se giró y reconoció a Alberto, su hermano mellizo. Se abrazaron mientras Santiago seguía caminando.

–Nos vemos más adelante –les dijo.

Era como si nunca se hubiera separado de su hermano. No había reproches ni tristezas. Solo aquel abrazo inundado de amor. Habían llegado juntos a la vida. Era normal que ahora se fueran juntos de ella. El gran teatro del mundo había terminado para ellos, como para miles de millones más. No sabían hacía dónde o hacia qué avanzaban. Pero no importaba. Nada importaba ya más que el camino, los reencuentros, ir soltando el lastre que los unía todavía a la vida. Alicia, durante el resto de jornadas, fue pensando en su existencia, demorándose en los mínimos detalles del pasado, y a pesar de todo el dolor que sufrió a lo largo de sus años, tuvo la certeza de que todo aquello estaba bien, era hermoso, se movía y brillaba bajo el sol como una ilusión necesaria para estar ahora por fin libre de todo. Ese era el único sentimiento que por fin la embargaba: una sensación de libertad conmovedora y salvaje.

Si hubiera sido capaz de llorar, Alicia hubiera llorado de absoluta felicidad. La libertad era avanzar, vacía de dolor, envidias o rencores, junto al resto de habitantes del planeta, hacia lo desconocido. Era volver a ser niña. Era descorromperse, recuperar la inocencia genuina del hombre. Ni siquiera la ausencia de Lucas podía estremecerle de tristeza.

Ya ni siquiera temía a Martina, la maldita, ni a la pasión que siempre le había arrastrado de hombre a hombre.

La vida y la muerte puede que fuesen igual de absurdas, que carecieran de explicación y sentido. Pero no importaba, pensó Alicia, eso mismo las hacía hermosas, únicas, sagradas.

Alicia estaba aprendiendo otra vez a mirar.

La libertad de la muerte era tan negra y tibia como recordaba ahora, con lejanía, que había sido el sexo.

47.

Lucas despertó con las primeras luces de la mañana y una fuerte resaca, ajeno a aquel peregrinaje al que se habían unido Jacobo y su madre. Se preparó un café y antes de terminar de bebérselo se puso a llorar como si alguien por fin hubiera abierto en él un grifo. Lloró hasta que le dolía el pecho de hacerlo, hasta que las lágrimas dieron paso a un hipo mojado.

El cuerpo duro, pálido y frío de Alicia descansaba en la misma cama donde había dormido siempre. Cuarenta y siete años había palpitado, lleno de vida. Ahora era un traje abandonado, una bombilla rota en mil pedazos, y a Lucas le parecía qué él caminaba descalzo sobre sus cristales. La soledad le ladraba al oído como una perra vieja.

Cuando calmó su llanto, le dolían la cabeza y el tobillo que se había torcido al saltar desde el techado del desguace. Le dolían órganos internos que ni siquiera sabía nombrar, pero estos por la pérdida de Alicia. Afuera continuaba lloviendo con fuerza. Por fin estaba solo en el desierto, tal vez en el mundo. Aquel pensamiento era desolador, por eso trató de desecharlo enseguida. Había tomado la decisión de emprender el camino en cuanto terminasen las lluvias. Estaba cansado de esperar. Si quedaba alguien más con vida en el planeta, no cesaría hasta encontrarlo.

La tormenta duró otra semana. Luego se desgarraron las nubes y apareció un sol perfecto en el cielo. Era hora de enterrar a su madre en el pequeño cementerio del desguace. Y Lucas empezó a cavar.

48.

Por qué, por qué extraña razón aquellos saurios se dejaban morir en el secadero, al otro lado de la carretera, siempre se había preguntado Alicia; incluso cuando era Martina se había hecho la misma pregunta. Ahora Lucas le respondía, de pie ante su tumba.

–Mira, madre –dijo–. El secadero de iguanas. Mira…

Lucas señaló hacia el otro lado de la carretera. Se quedó así largo rato. Tras el agua caída durante las últimas jornadas, de los cuerpos descompuestos de los lagartos brotaban flores amarillas, amapolas y briznas tiernas de hierba. Toda una pradera parecía haber tomado el cementerio de reptiles. Sabía que aquellas plantas silvestres se agostarían en pocas jornadas. Siempre había sido así. Pero ahora el verde había sembrado su color en aquella parte del desierto.

Después agarró una escopeta, una mochila con algo de comida, la bomba manual de extracción de nafta, cuatro cantimploras repletas de agua y las novelas de Jacobo: las que había encontrado en la biblioteca de Burgo de Cuerva y la obra manuscrita a la que faltaba un final. Abrió los cercados a las gallinas y a los varanos y subió al coche. Partió hacia Jabalí Nuevo. Por la carretera. Hacia el norte. Como todos los hombres a quien Alicia alguna vez había amado. Por la carretera.

–Todo va y viene por esa carretera –le había dicho Alicia una vez cuando era niño.

49.

A las pocas semanas iban a desatarse las tormentas de arena más violentas en lo que iba de siglo.

No iba a quedar rastro alguno de que allá alguna vez hubiera habido una carretera y un puñado de supervivientes.

Una higuera con botellas rotas colgando de sus ramas ya no daría sombra nunca a nadie en las tardes calurosas de verano. El tintineo de cristales se perdería en el infinito.

Lucas condujo hacia el norte sin descanso hasta dejar atrás el maldito desierto que le había visto nacer. En el aire, buitres negros, a gran altura, volaban en círculos descendentes.

Ningún huésped más pisaría jamás el Motel del Secadero.

La soledad campăría a sus anchas entre aquellos tapiales.

Los años acabarían echando abajo el edificio de madera y una noche sin luna el techado del desguace acabaría por desplomarse también, con gran estruendo.

La niña del molino rojo

epílogo

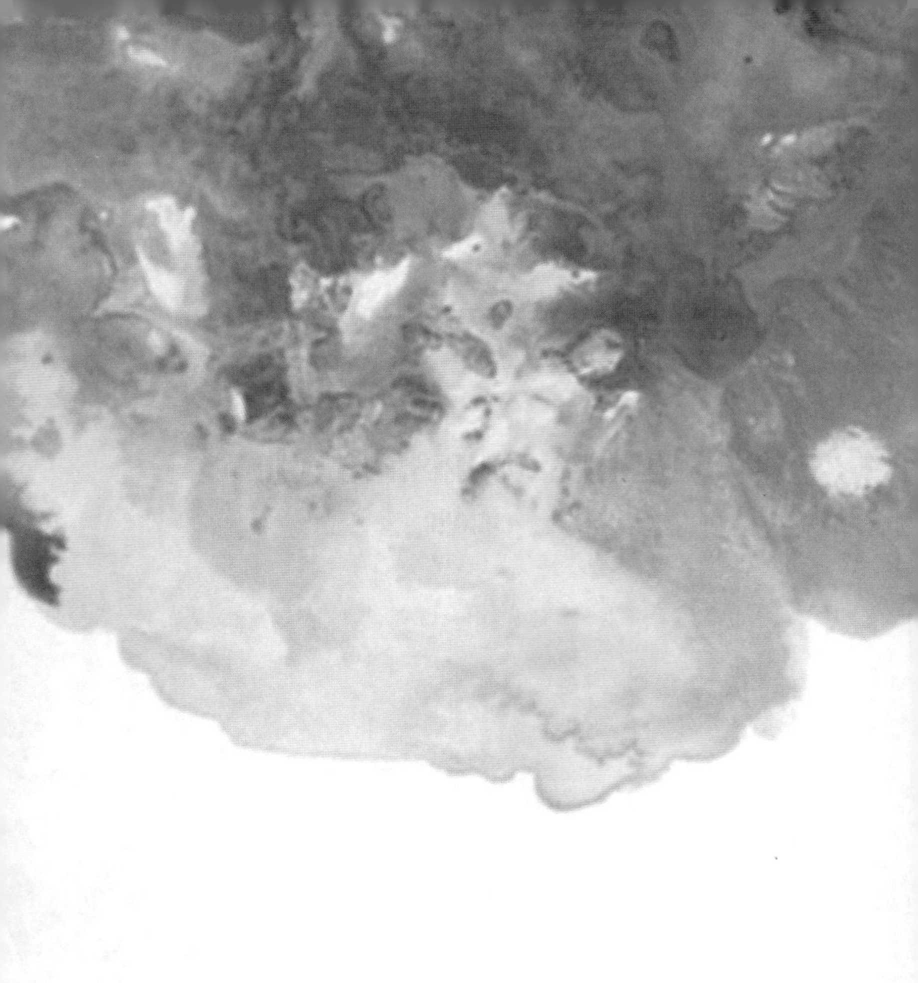

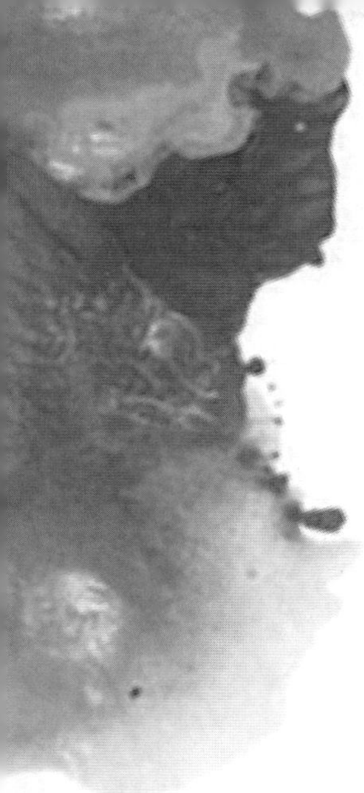

Carreteras secundarias

capítulo trece

50.

Lucas sospechaba que la vida lo había olvidado, pero lo malo no era eso, sino la certeza de que uno no moría por ello. Había dejado de contar los años desde que abandonara el desierto. Por su rostro, reflejado en el retrovisor, sabía que rondaba los cuarenta.

Llevaba demasiado tiempo viajando a lo largo y ancho del continente. Aunque al principio iba consultando los mapas y marcando su ruta con un rotulador amarillo, hacía ya bastante que lo había dejado de hacer. Ya no le importaba dónde se encontraba ni adónde se dirigía. El mundo estaba vacío, igual que él. Simplemente se dejaba llevar por la carretera y el azar.

Durante aquellos años, conoció sierras abruptas y escarpadas, surcadas por caminos peligrosos, grandes ríos que parecían gritar de dolor mientras corrían hacia el mar, valles quietos como postales, bosques interminables y callados. Se había adentrado en pueblos de caseríos maltrechos y también en ciudades muertas que le produjeron escalofríos: su silencio era demasiado profundo y hostil, artificial; solo roto por el silbido del viento. Siempre que atravesaba una ciudad, no podía evitar pensar en los últimos días de sus habitantes: las muchedumbres asustadas, huyendo en sus autos con lo puesto, tratando de dejar atrás sin esperanza la epidemia. Personas que elegían lanzarse al vacío desde las ventanas antes que morir contagiadas. Demasiado sufrimiento para poder imaginarlo sin deshacerse por dentro. Los barrios estaban tomados por malas hierbas y árboles descuidados. Manadas de perros y bandadas de pájaros de todas las especies eran ahora los dueños de sus calles y azoteas.

Lucas había cruzado ya innumerables fronteras de países que no existían. Había tenido que esquivar largas caravanas de tráileres abandonados. Pero no halló jamás rastro de ningún superviviente al holocausto. Lo más aquella vez en que pudo leer "Aquí quedamos cinco náufragos" pintado a brocha roja en una valla comercial, para más tarde descubrir cinco cadáveres dentro de una rulot estacionada bajo ella. O cuando creyó escuchar un teléfono sonando en una casa perdida entre los escombros de una ciudad cualquiera a los pocos meses de haber dejado el desierto. Lucas recordó cómo había corrido hacia el teléfono. Con qué ansiedad. Al descolgarlo alguien ya había colgado. La ansiedad se convirtió en una rabia negra que prendía en su estómago con ceguera. Recordó que destrozó el aparato contra una pared sucia, amarillenta. Golpeó con el teléfono la cal hasta hacerse sangre en las manos. Después no supo si aquel trasto había sonado realmente o había sido traicionado por su imaginación.

Durante tantos años se repitió lo mismo... Al anochecer Lucas buscaba algún refugio donde dormir tranquilo, y si no lo encontraba, descansaba en el auto. Con las primeras luces, partía de nuevo y elegía al azar su camino, generalmente por carreteras comarcales. Le gustaba contemplar los paisajes y pararse a beber agua en los frecuentes riachos de aquellas tierras extranjeras. Era un outsider, un hombre solitario sin nada que hacer en un mundo vacío más que seguir avanzando hacia ninguna parte. Sabía que si se detenía demasiadas semanas en un mismo lugar, ya no le quedarían fuerzas para seguir adelante y se dejaría morir tumbado sobre la hierba. Nada tenía sentido más que la carretera y el día en que estaba. Prefería no rememorar el pasado ni mirar hacia el futuro, así evitaba que la ansiedad y el pánico lo atraparan y se ensañaran con él. A veces hablaba solo, o con el coche, o con sus fantasmas, o leía en voz alta los libros que iba saqueando de las casas que encontraba a su paso.

Durante los primeros meses de viaje, el dolor por la muerte de su madre le había embargado; pero luego comenzó a sentirse libre. Manejar hacia donde le viniera en gana, pararse a descansar cuando quisiera, cazar corderos asilvestrados o venados con su rifle, atracarse de manzanas o peras en los campos abandonados... Más tarde se daría cuenta de que había huido del desierto tan solo para caer en un desierto mayor. El mundo, sin nadie con quien compartirlo, estaba yermo. Su vida nómada acabó por convertirse en algo tedioso y sin brillo; dejó de disfrutar de aquel sentimiento de intensa libertad que experimentara al principio. Estaba vivo, sin duda, pero estar vivo en un mundo sin nadie era lo mismo que estar muerto. Así al menos lo percibía Lucas.

Hacía algunos años que había perdido la esperanza de hallar a nadie más. Estaba solo en la Tierra, esa peonza azul que daba estúpidas vueltas en la nada... Aquello le entristecía, le hacía hurgar una y otra vez en su dolor, como un adolescente cualquiera, como un primate. La soledad se parecía a un veneno de culebra que actuaba muy lentamente hasta dejarlo sordo, ciego, insensible. Sin aliento.

Una noche oscura como plumas de cuervo, Lucas paró el auto en un antiguo merendero perdido en una sierra de la que no sabía siquiera el nombre. No le importaba. Cogió la escopeta de caza y la cargó. Pensó en volarse los sesos, incluso introdujo el cañón en su boca. Luego lo sacó y escupió. El sabor a pólvora le había tomado la saliva. No tembló de miedo ni angustia. No supo llorar. Estaba tan vacío de todo que no le hubiese costado apretar el gatillo, pero entonces se acordó de los libros del maletero que le quedaban por leer, de la novela inacabada de Jacobo. Se sentía en deuda con él. Durante aquellos años la había corregido y añadido pasajes de su propia cosecha, pero seguía sin final. Le debía al viejo terminarla, pero también a su madre, a la Negra, a sí mismo.

–La vida es algo tan serio que a veces es mejor tomarla a broma –le había dicho Jacobo una vez, cuando él apenas era un muchacho.

Probablemente el hombre tuviera razón. Siempre la tenía.

–Jodido viejo –escupió en voz alta para nadie–, cómo te echo de menos. Ahora haríamos un fuego, sacaríamos el aguardiente y hablaríamos hasta caer redondos. Encontraríamos un final para este libro.

La noche era fría. Se tapó con dos mantas dentro del coche. No había rastro de luna ni estrellas. Una lechuza ululó entre las ramas de un tejo milenario.

51.

Lucas tuvo que detener su coche a media tarde porque el puente que se alzaba sobre aquel enorme y violento río de montaña estaba desplomado. Se encendió un cigarro y, sentado en el capó, escuchó el vocerío enloquecido de las aguas. Pensó en la noche anterior. En el sabor a pólvora en su boca. Lanzó la colilla al río al acabar de fumar y subió de nuevo al automóvil. Retrocedió cuatro kilómetros hasta el último cruce que había dejado atrás y tomó por una nueva dirección.

La carretera paró de enroscarse cuesta abajo entre montañas casi una hora después y enfiló hacia un valle profundo en medio de la sierra. Atardecía y el sol, de frente, le cegaba la vista, así que Lucas bajó el parasol. Atravesó un amplio bosque de robles, nogales, avellanos y hayas. Era otoño y los árboles teñían el paisaje de colores ocres, granates, amarillos. Todo el bosque olía a maduro. El asfalto estaba sepultado por la hojarasca caída. Lucas se dejó seducir por la belleza caduca de aquella carretera. Conducía con la extraña sensación de estar borracho o atrapado en un sueño plácido.

Al tomar una curva, el bosque comenzó a ralear lentamente a su derecha hasta dar paso a un prado verde donde pastaban una veintena de vacas. A lo lejos, a menos de un kilómetro, un camino de piedras rodeado por huertas partía del asfalto hacia una vieja cabaña de madera y un molino rojo cuyas aspas estaban en movimiento. Entre dos árboles centenarios del patio descubrió de pronto unas sábanas blancas y ropas de colores tendidas a secar. De la chimenea de la cabaña escapaba una lenta humareda de aspecto irreal. La luz crepuscular comunicaba matices insospechados a los colores y provocaba que las sombras de las cosas parecieran vivas. Lucas quedó hipnotizado por lo que veía ante sí y tuvo que frotarse los ojos para comprobar que no estaba dormido. Comenzaba a anochecer y prendió las luces del auto. Tras diez años de búsqueda, Lucas había dado por fin con algún superviviente. La emoción hizo que el corazón bombeara en su pecho con fuerza y las sienes le latieran hasta casi doler. Pisó el acelerador a fondo y su espalda se hundió contra el asiento. Adivinó en el patio del molino y la cabaña, a medida que se acercaba, las siluetas de diez o doce personas iluminadas por algunas antorchas que colgaban de las paredes. No pudo contener una risa. Le bailaba como un elefante en las entrañas. Gritó de alegría mientras metía cuarta y la aguja del cuentakilómetros se volcaba a la derecha. Ya ni siquiera se fijaba en la carretera; estaba hechizado por las siluetas de aquellos hombres que se movían en el patio.

Entonces sintió el golpe. Era una niña de apenas seis o siete años. Pecosa, de ojos verdes que se clavaron con pánico en Lucas por un breve instante. Pelirroja como la hojarasca. Salió volando por los aires mientras el auto derrapaba y quedaba atravesado en el camino. Cayó rota a sus espaldas tres segundos después; tres segundos que parecieron horas. Lucas cerró los ojos pero pudo escuchar el golpe de aquel cuerpo pequeño contra la carretera.

Cuando salió del coche, las piernas le temblaban. Un hilo de vapor caliente jugaba a desprenderse de sus fosas nasales para entregarse al frío de la atmósfera. Se arrodilló junto a la niña que había atropellado. La cabeza le colgaba entre los hombros como a un muñeco. Se había desnucado al golpear el suelo. La levantó en brazos, desconcertado. Se acercó con ella al auto y tocó la bocina una veintena de veces, hasta que las siluetas de los hombres del molino rojo empezaron a correr a través de las huertas hacia la carretera.

[illegible] cuidado [illegible] dudaba. Un [illegible] impresa [illegible] [illegible] tendido [illegible] [illegible] un principio [illegible] [illegible] que [illegible] hasta que las [illegible] de los [illegible] [illegible]

PRIMER CUADERNO: MOTEL DE CARRETERA **7**
Los mellizos **(Secuencias 1 a 6)** **9**
El empleado de Edgardo (**Secuencias 7 a 11)** **49**
El aguacero y Alberto (**Secuencias 12 a 14)** **81**
Santiago y Alicia (**Secuencias 15 a 20)** **99**

SEGUNDO CUADERNO: BAJO SOLES DESNUTRIDOS **129**
Lucas y la higuera (**Secuencias 21 a 23)** **131**
El impostor **(Secuencias 24 a 27)** **143**
El extranjero (**Secuencias 28 a 30)** **163**
Carroña para lagartos **(Secuencia 31)** **177**
La falsa *djin* **(Secuencias 32 a 35)** **183**
Ramón y La Negra **(Secuencias 36 a 38)** **209**

TERCER CUADERNO: EL PEREGRINAJE DE LOS MUERTOS .. **223**
La despedida de Jacobo **(Secuencias 39 a 42)** **225**
La extraña caravana **(Secuencias 43 a 49)** **241**

EPÍLOGO: LA NIÑA DEL MOLINO ROJO **269**
Carreteras secundarias **(Secuencias 50 a 51)** **269**

CRÉDITOS:

La sinopsis de *Manual de insurgencia* es una versión demasiado libre, casi irreconocible, del relato *La niebla* de Boris Vian, a quien quise homenajear, como a otros magníficos escritores de serie B.

Las citas de *Fahrenheit 451* están extraídas textualmente del libro de Ray Bradbury.

La frase "El hombre es una pasión inútil" pertenece a Sartre.

El argumento de *Última cosecha* es de un cuento inédito de Alicia Andrés, aunque aquí se atribuye su autoría a Jacobo.

AGRADECIMIENTOS:

A Eva Bedoya, en cuyo ordenador y piso escribí el primer cuaderno de esta novela. Suerte en tu vida: la mereces. Gracias por un verano inolvidable.

A Miguel Dalmau, por tu apoyo, tus ánimos y los mails que nos hemos cruzado.

A Eduardo, *in memoriam*, que rescató el primer boceto de la novela de un disco duro que murió de improviso. Sin ti, tal vez *El secadero de iguanas* no existiría.

A Joan I. Barceló y Eva Pérez Lis, que soportaron la lectura de la primera parte del libro en Truchas. Os quiero demasiado para olvidar mencionaros. Y a Martina, que ya está aquí.

A Martin Simonson, cuyo informe de lectura me impulsó a introducir cambios en la novela que sin duda ayudaron a quitarle paja y pulirla.

A Andoni Cossío por facilitar las cosas para que pudiera reeditar la obra con Frida Ediciones.

A Begoña y Diego, que se han atrevido a apostar por mi novela y llevarla a las librerías.

A mi hermano Santi, por todos los libros que me recomendaste leer a lo largo de mi vida, por tu exquisito gusto literario. Por ser como eres: un fuera de serie, un tipo complicado y único al que siempre he admirado.

Al resto de mi familia, donde ya siempre faltará mi padre. Te extrañamos.

Y, por supuesto, a Javier Vellé, comerciante de nubes, quien más creyó en esta novela, quizás más que yo mismo. Por tu culpa y tu incondicional apoyo decidí volver a ella y mejorarla. Te debo una. Nos vemos en los bares. Yo invito.

DEDICATORIA:

A Laura Pernía Cué, que soportó el olor a tabaco de mis noches de escritura sin quejarse y me ayudó con las correcciones finales del libro. Por ser mi musa y mi estropajo, según lo necesitase. Mil gracias, compañera.

WWW.FRIDAEDICIONES.COM